• 衛斯理小說典藏版 81 •

搜靈

衛斯理
親自演繹衛斯理

《搜靈》

新之又新的序言，最新的

衛斯理小說從第一次出版至今，歷時已近半世紀，總共出了多少正版，還能計得清，若是連盜版一起算，那就算找外星人來算，也算勿清楚哉！不知能不能也算世界紀錄。

算得清好，算勿清也好，能幾十年來不斷出新版，說明不斷有讀者加入，對作者來說，沒有更值得高興的事了，謝謝所有喜歡衛斯理的人，謝謝謝謝。

倪匡

二〇二〇年六月四日 香港

幾句話

寫了四十多年小說，論者將拙作分為三個時期：早、中、晚。在明窗出版的一批，屬於早期和中期的上半。三個時期的創作風格有相當程度的不同，所以風評不一。本人並無偏愛，但讀友對早期的作品，頗有好評，大抵是由於在早、中期作品之中，主要人物精力充沛，活力無窮，所以使故事曲折多變，小說也就格外吸引。明窗出版社此次重新出版這批作品，正好讓大家來證明這一點。

四十餘年來，新舊讀友不絕，若因此而能有新讀友，不亦快哉！

倪匡

二〇〇五年十一月六日

序言

靈魂——人性中善良美好的一面。

兩者之間，是不是可以劃上等號？

如果可以，人還有沒有靈魂？人性中究竟是不是有善良美好的一面存在？

通過曲折的故事，奇特的設想，《搜靈》這個故事所反覆討論的，就是這個問題。「主題」突出之極，可以符合一切嚴肅文學的要求。但是《搜靈》始終只是一個幻想故事，因為事實上，靈魂如果就是人性中善良美好的一面，人才不會在乎它的存在與否！

這，是不是可以說已經解答了這個問題呢？

在許多故事中，都突出地球人人性中醜惡兇詐自私貪婪的一面，在這故事中，也不例外。但也照例，並不一筆抹煞人性中的優點，藉衛斯理的言和行來表達。

《搜靈》在近期作品中，相當突出，這次刪改得也比較多，令主題更突出，文字更簡潔。

衛斯理（倪匡）

一九八六年十二月二十六日

目錄

第一部

大規模珠寶展覽

這個故事的開始，是一個盛大的珠寶展覽的預展。展覽由世界著名的十二家珠寶公司聯合舉辦，地點在紐約。

不，先別說這個珠寶展覽，還是先說一說金特這個人。

還記得有一個名字叫金特的人嗎？只怕不記得了吧。就算是一直在接觸我所敘述的各種怪異故事，如果能夠在三十秒之內記得這個人，並且說出這個人曾在哪一個故事之中出現過，那真是了不起。別說三十秒，就算三十分鐘，只怕也不容易想起這個人。

事實上，如果不是又見到了他，我絕不會想起他來。

這個人我曾經和他在一起相當久，超過一個月，可是在和他一起的日子裏——有好多天，幾乎日夜在一起，我從來也沒有聽到他講過一句話。有時候，我與他講話，他也從不回答，而只是用一種十分奇怪的神情望着我。

那是一種十分難以形容的神情：他分明是望着你，可是眼神渙散，猜不出他視線的焦點在什麼地方。他像是在沉思，又像是精神極度迷惘，他的口唇隨時準備有所動作，但是不論你等多久，他總是不發出聲音來。

整個神情，像是他對周遭的一切，全然漠不關心。

結果是，我們各人分手的時候，每一個人都受不了他那種過度的沉默，甚至連最有禮貌的普索利爵士，也沒有向他說一聲「再會」。

對了，金特不會有人記得，普索利爵士，記得他的人一定不少。這位熱中於靈魂學的英國人，在《木炭》的故事中，是一個主要人物。

當時，我通知普索利爵士，我有一塊木炭，在木炭之中，可能有着一個鬼魂，普索利大是興奮，約了不少對靈魂學有研究的人到英國去，在他的那間大屋子之中，試圖和靈魂接觸。

那件事的結果如何，自然不必再在這裏重複，我第一次見到金特，就是當我帶着那塊木炭，到了普索利爵士的住所，他請來的對靈魂學有研究的人，已經全在了，普索利曾向我一一介紹。

其中有一個就是金特。

爵士當時的介紹很簡單，看來他自己對金特也不是很熟悉，只是簡略地說：「這位是金特先生。金特先生，這位是衛斯理先生。」

我自然握手如儀。現在，我詳細敘述和他第一次見面的情形，是因為這樣可以把這個人介紹得更徹底。我當時伸出手來，他也伸出手來，我們握手。

金特和人握手的那種方式，是我最討厭的一種，他不是和你握手，而是伸出他的手來給你握，他的手一點氣力也沒有。

通常，只有紅透半邊天的女明星，才有這樣和人握手的習慣。可是這位金特先生，當時打量了他一下，個子不高，不會超過一百六十公分，半禿頭，一點風采都沒有，看來有點像猶太人，但也不能肯定，一副糟老頭子的模樣，至少有五十開外，居然也用這種方式和人握手，真有點豈有此理。

所以，我對他的第一個印象，絕不算好。只不過後來，我在開始記述「木炭」這件事的時候，在金特身上發生的古怪的事，已經開始了。所以，我才特地加了一句：「這個人，以後有一點事，十分古怪，是自他開始的。」

在爵士家裏，我和一干對靈魂有研究的人聚會之後，我們又轉赴亞洲，在另一個朋友陳長青的家裏去聚會。這次聚會歷時更久，金特也自始至終參加，可是卻也從來沒有講過一句話。

我的那個朋友陳長青，十分好講話，有一次，他對着金特獨白了五分鐘，金特連表示一下是或否的神情也沒有，他實在忍不住，對我悻然道：「這禿子是什麼來路？他是聾子，還是啞子？」

金特是什麼來路，我也不清楚。他是普索利爵士介紹我認識的，當然，我要去轉問爵士。

我找到一個機會，向普索利提起了這個問題，普索利皺着眉：「唉，這個人，我也不知道他是什麼人。」

我笑道：「這像話嗎？他出現在你的屋子裏，由你介紹給我，你不知道他是什麼人？」

普索利做了一個無可奈何的手勢：「事情是那樣，你知道一個靈魂學家叫康和？」

我搖了搖頭，表示不認識這個人，普索利搔着頭，像是在考慮該如何介紹這個人才好，他終於道：「你知道著名的魔術家侯甸尼？」

我道：「當然知道，侯甸尼十分醉心和靈魂溝通，他曾以第一流魔術家的身分，揭穿了當時許多降靈會的假局，也得罪了很多靈媒。」

普索利道：「是，康和就是侯甸尼的一個好友，對靈魂學有極深的研究，以九十高齡去世，我年輕時，曾和他通過信。」

普索利爵士愈説愈遠了，我忙道：「我問的是金特這個人……」

爵士道：「是啊，在你見到他之前三個月，金特拿了一封信來見我，信是康和還沒有去世之前寫的，絕無疑問，是他的親筆，信寫得很長，介紹金特給我認識，他真的不喜歡説話，當時我問他，為什麼有了這封信快十年，到現在才來找我，他都沒有回答。」

我「哦」地一聲：「那麼，信中至少對金特這個人，作了具體的介紹？」

普索利道：「提到了一些，說他對靈魂學有深湛的研究，並且足遍天下，曾在日本和中國的一些古老寺院中長期居住，在西藏的一家大喇嘛寺中，有過極高的地位。也曾在希臘的修道院中做過苦行修士，和在印度與苦行僧一起靜坐，等等。他的經歷，看來都和宗教有關，而不是和靈魂學有關，我真不該請他來的。」

我想了一想：「他也不妨礙我們，其實，宗教和靈魂學，關係十分密切，甚至是一而二，二而一！」

普索利爵士當時並沒有立即回答我這個問題，我們也沒有就這個問題再討論下去。

金特有着那麼奇妙的生活經歷，這倒令得我對他另眼相看，所以，在分手的時候，我是唯一和他握手說再會的人，可是金特仍然是這樣，手上一點氣力也沒有，當時，當他轉過身去之際，我真想在他的屁股上，重重踢上一腳。

金特這個人，我對他的了解就是那樣。

約略介紹過金特這個人了。再說那個大規模的珠寶展覽會。

珠寶展覽會半公開舉行。所謂半公開，就是：參觀者憑請柬進入會場，不是隨便誰都可以進去參觀一番。

邀請我去參觀的，是英國一家保險公司的代表。這家保險公司歷史悠久，信用超卓。

這家保險公司在保安工作、調查工作上的成就，舉世無匹，而負責這家保險公司這一部門工作的是喬森。

有必要簡略地介紹一下喬森，他是典型的英國人，平時幽默風趣，工作極度認真，固執起來，像一頭花崗石刻成的野牛。他投身情報工作之際，不過十五歲，他有一頭紅髮，又講得一口好德語，戰爭期間長期在德國工作，幾次出生入死，德國秘密警察總部把他列為頭號敵人。

喬森極端冷靜，多年情報工作的訓練，再加上他的天性，他是我所見過的人中最冷靜的一個。

我特別強調他的冷靜，是因為有一些事發生在他的身上，這些事，和他的一貫極度的冷靜，全然不合，因而顯得格外詭異。

戰後，他脫離軍部，到處旅行，後來，曾作為蘇格蘭場的高級顧問、國際刑警總部的高級顧問。

後來，他忽然失蹤了一個時期，再度出現時，職位是聯合國掃毒委員會的專員。然後，他又離開了聯合國，去從事一樁非常冷門，簡直想都想不到像他這樣的人會去做的工作。他的職位的全稱相當長：「沉船資料搜集員」。工作範圍是專門搜集各種沉船的資料，將這些資料提供給大規模的打撈公司。

我和喬森認識的時候，他在當「沉船資料搜集員」，一見如故，互相交換了許多稀奇古怪的事情，他那時候在日本，正在搜集一艘叫「天國號」的巨型戰艦下落的資料。

當時，我們用英語交談，我在聽了之後，呆了一呆：「日本好像沒有一艘戰艦叫『天國號』，你是不是記錯了？」

他取過紙來，寫下了「天國」兩個漢字，我搖頭道：「沒有這樣的戰艦。」

他笑了一下，道：「要是連你也知道，就不用我去搜集資料了，這是日本海軍在戰爭末期建造的最大軍艦，比『大和』還要大，一切資料都絕對保密，連建造者也不知道自己造的是什麼。在日本投降之後，有消息說這艘戰艦上一千二百名官兵，決定集體自殺，將船鑿沉，和船共存亡，沉沒的地點則不明，我就是想把它的沉沒地點找出來。根據我已獲得的資料，這艘戰艦上，有不可思議的事發生，這件事……」

他講到這裏，點燃了一支煙，深深吸着，沒有再講下去。

我想不到那次閒聊，提及的那艘在極度秘密的情形下建造的「天國號」，後來又會和一些怪事發生關係。而且，自從那次之後，我從來也沒有再在任何人的口中，聽到過「天國號」這個名稱。有次，我和一個曾是日本戰時的海軍中將，在海軍本部擔任高職的人提起，他聽了之後，就「哈哈」大笑：「胡說八道，衛君，你是從哪裏聽到這種荒謬的故事？絕無可能。」

當時還有好幾個人跟着哄笑，弄得我十分尷尬，幾乎老羞成怒。

以後，我也忘記了「天國號」。大約兩年之後，再遇到他時，他已經不當「沉船資料搜集員」，轉了行，職業更冷門，是「全歐古堡構造研究員」。

再後來，喬森又做過了一些什麼，我也不甚清楚。他進了保險公司當保安主任，我是收到了他的信之後才知道。

喬森的長信和請柬一起寄到，邀請我的理由是：「像這樣的大型珠寶展覽，以前從來未曾舉行過，所以，在展覽會舉行的一個月間，有可能發生任何意料不到的事情。而衛斯理先生，是應付任何意料不到的事的最佳人選。」

那張請柬，印得精緻絕倫，我從來也未曾見過那麼精美的請柬。

我向着白素，揚了揚這張請柬：「有珠寶展覽，你去不去？」

白素看來一點興趣也沒有：「人家又沒有請我。」

我道：「那不要緊，你要去的話……」

白素不等我講完，就搖頭：「我聽你說過喬森這個人，可是我不明白他為什麼要你去。」

我一面用手指彈着那張請柬，發出「啪啪」的聲響，一面也在想：喬森為什麼要我去呢？

他的信中，雖然寫出了理由，可是這個理由，實在是不成立的。

喬森說，這樣大規模的一個珠寶展覽，可以發生任何意想不到的事情，而我有應付意外的能力。

珠寶展覽會有什麼意外？當然是引起盜賊的覬覦，向那些價值極高的珠寶下手。正如白素所說，我雖然知道有幾個珠寶竊賊，具有一流的身手，但是卻從來也沒有和他們接觸過。

我只是知道，珠寶竊賊這一行，和其他的竊賊不同，幾乎已是屬於藝術工作的範圍，沒有天才，是不能成為第一流珠寶竊賊的。而且，第一流的珠寶竊賊，平時，在身分的掩飾上，也都是一流的。我就知道其中有一個，有着真正伯爵的銜頭。

對珠寶展覽本身，我沒有什麼興趣。引起我興趣的是：喬森為什麼一定要我去。

要得到這個問題的答案，其實是很容易的，我根本不必挖空心思去想，只要去問問他就可以了。

於是，我根據喬森信上的電話號碼，打電話去，一下子就聽到了喬森那聽來很冷很硬的聲音。當他知道是我的長途電話之後，他的聲音，居然變得充滿了熱情：「你準備什麼時候來？我已經替你準備好了房間。」

我知道，對付喬森這樣的人，和他轉彎抹角講話，那是白浪費時間，所以我立即道：「除非讓我知道你要我來的真正原因，不然我不會來。」

喬森呆了片刻：「好，的確有原因，但是在電話裏說不清楚，等你來了，我一定告訴你，別推託。到時候，如果你認為這個原因不值得你來的話，我會把另外一件有趣的事告訴你，作為補償。」

我仍在遲疑，未曾立刻答應，喬森嘆了一口氣：「我們好久沒有見面了！你就算只是來看看我，又有什麼不可以？」

對於喬森這樣精彩的人物的這樣的邀請，很難拒絕。我也只好嘆了一口氣：「好吧，我來。」

我仍然不知道喬森為什麼一定要我去，但是我卻可以肯定，情形一定有點特別。

長途飛行不是很愉快，整個旅程相當乏味，等我在紐約下了機，兩個穿著整齊的年輕人向我走了過來。其中一個道：「衛斯理先生，喬森先生實在抽不出空，吩咐我們來接你。」

這兩個年輕人自己報了姓名，舉止有禮。

我把行李交給了他們，和他們一起離開了機場，上了車，駛向目的地。

目的地是一家豪華大酒店，珠寶就是在這家大酒店的展覽大堂展出。從這個月份的第一天起，酒店便已不再接受普通客人，而只租房間給珠寶展覽會的來賓。

酒店的房間有大有小，有豪華有普通，前來參觀的人都自認為很有地位，當然人人都想訂到最豪華的房間。酒店方面的措施十分強硬，接受訂房，可是房間得由他們來分配。

我未進櫃枱，那職員一看到了那兩個年輕人，就大聲道：「衛先生好，你的套房在二十樓，二十樓的貴賓有蘇菲亞羅蘭小姐、根德公爵和泰國的曼妮公主，如果你覺得不適合，可以更改。」

我笑道：「適合得很。」

套房的設備，豪華絕倫，我一進房間，就道：「喬森呢？我什麼時候才能見到他？」

那兩個年輕人互望了一眼，一個道：「他在展覽場，如果衛先生急着要去見他，我們可以帶路。那地方，沒有特別的通行證件，不能接近。」

另一個的神態，看來有點曖昧，講話也遲遲疑疑：「衛先生，你何不休息一下？喬森先生最近……情緒……很有點不穩定……他在工作，不喜歡有人去打擾他。」

我陡地呆了一呆，不禁氣往上衝，但對方看來是一個不怎麼懂事的小孩子，真不值得生他的氣。所以我忍了下來，冷冷地道：「第一，據我所知，全世界的人都會情緒不穩定，喬森先生決計不會。第二，我是他特地請來的人，要是他有半分不歡迎的表示，我立刻就走。」

我的話，已經是可能範圍之內最客氣的了，可是那年輕人還是聽得滿臉通紅，囁嚅着想爭辯什麼，但是又不知如何開口。

我倒有點不忍，伸手在他肩頭上拍了拍：「算了，帶我下去見他吧。」

那年輕人仍然漲紅了臉：「真的，喬森先生的情緒，很……不穩定。」

我聽得他一再這樣提及，心中倒也不禁疑惑。本來我已向門口走去，這時轉過身來：「他的情緒如何不穩定？」

那兩個年輕人又互望了一眼，那個漲紅了臉的道：「我們和喬森先生住在一個套房的兩間不同的房間中，房間和房間之間，隔着一個客廳……」

我不等他再講下去，就揮手打斷了他的話頭：「不必形容你們的居住環境，你只要告訴我他的情緒如何不穩定。」

那年輕人道：「接連幾天，他都講夢話。」

我一聽，忍不住哈哈大笑。那兩個年輕人都有惱怒神色。另一個急急地道：「是真的，我們全聽到。」

我走前幾步，將雙手分別按在他們的肩上，本來是想向他們解釋的，但是繼而一想，何必對他們這種年輕人多費唇舌？所以，我就不再講，只是淡然一笑：「那也不算什麼，走吧。」

那兩個年輕人中的一個，看來比較容易衝動，而且固執：「他講的夢話很怪，來來去去都是那兩句。」

我忍無可忍，對他們的無知，十分生氣，沉下臉來：「聽着，人人都可能會說夢話，但只有喬森不可能。他是一個極出色的情報人員，曾經嚴格地自我訓練，不但不講夢話，而且還進一步，可以控制自己的意志，故意講夢話來迷惑旁人。能做到這一點的人，全世界不超過一百個，而喬森恰是其中之一。」

另外一個年輕人看出我真的生了氣，忙道：「那或許……是我們聽錯了。」

固執的那個卻還在堅持：「不，我們沒有聽錯，他說夢話，昨晚我們又聽到了。他在大聲說：『我沒有！我們沒有！你有嗎？你們有嗎？』」

我盯着那年輕人，他神情固執而倔強，我只好嘆了一聲：「或許他在對什麼人說話？」

那年輕人道：「不，只有他一個人在房間！」

我有點無可奈何地笑了起來：「值得再為這問題討論下去？」

那固執的傢伙總算同意了，可是他還是咕噥了一句：「我講的全是事實。」

我沒有再接口，走過去開了門，向外走去。

這幾天，在這家酒店中的住客，全是來自世界各地的豪富顯貴，所以保安工作之嚴密，真是無出其右，除了各個顯貴住客自己帶來的私人保鑣之外，酒店方面也請了近百名保安人員。

我才走出房門，就看到四個典型的英國保安人員，在一間套房門口徘徊，那自然是根德公爵的護衛。另外，還有四個膚色黝黑，身材矮小，看來十分強悍的人，在盡頭處另一間套房之前守着，那可能是泰國公主的保鑣。而走廊中，電梯口，樓梯口，還有酒店方面的保安人員。

我和那兩個年輕人來到電梯口，等電梯到了，一起跨進去，電梯中的閉路電視攝像管在轉動着。電梯向下去，一直到了展覽會場的那一層停下來，我不禁被外面的陣勢，嚇了老大一跳。

全副武裝的警衛，守在川堂上，大門前，神情嚴肅，如臨大敵，看那情形，守衛得比希特勒當年的秘密大本營還嚴。

我們三個人才一跨出電梯，就有一個面目看來相當陰森的中年人大叫一聲：「請停步。」

他雖然在「停步」之上，加了一個「請」字，但是語氣之中，殊乏敬意。

我根本不想聽從他的命令，但在我身邊的那個年輕人卻拉住了我。那中年人走過來，用探測儀器繞着我的身子，上下打轉。在我身邊的年輕人已經道：「告訴喬森先生，衛斯理先生來了。」

立時有另一個人，按下了無線電通話儀，轉達這句話，會場的門打開，喬森出現在門口。我的忍受程度，到這時，也至於極限，一看到了喬森，我就大聲道：「喬森，你知道我在想什麼？我在想，我是不是應該向這裏的保安系統挑戰！」

我故意提高聲音，人人可以聽得到。一時之間，氣氛緊張。喬森向前走了兩步：「衛，他們開不起這種玩笑，對不起，一切不便，全由於我的命令。」

喬森才走出來的時候，我沒有好好打量他，這時聽得他一開口，聲音之中，充滿了疲倦，我不禁呆了一呆，喬森精力瀰漫，幾乎永無休止，聲音是他，可是實在又不像他，當我看清楚他時，我更加怔呆。

上次我見到他的時候，一頭紅髮，滿身肌肉，精力充沛，但這時，站在我面前的喬森，雖然紅髮依舊，身體看來也很強壯，但是卻一臉倦容，更令我驚訝的是，他全身的精力，彷彿全已消失無蹤了。

一個人看起來是不是精力充沛，或是無精打采，本來相當抽象。可是，我一看到喬森，這種感覺之強烈，從未曾有。我相信只要以前見過他的，都會有同樣的感覺。

我的神情，一定強烈表現了我的訝異，所以喬森立時伸手在他自己的臉上摸了一下，現出一個苦澀的神情：「我怎麼了？」

我嘆了一聲，過去和他握手：「你看來好像不是很好。」

喬森呆了一呆，嘆了一聲：「我……太疲倦了，這個展覽會，簡直要了我的命。」

我聽得他這樣講，對他十分同情，搖着頭：「何必那麼緊張，我看，不會比對付納粹更困難吧，有什麼我可以幫忙的地方？」

喬森的神情高興了一些：「有，我給你一個地址，你到那邊去見一個人。

這個人是一個超級的珠寶竊賊，你要設法讓他知道，向這個展覽會下手，絕無可能成功……」

他說着，就在身上掏摸着，摸到第三個口袋，才取出了一個對摺了的信封，交了給我。看到他這樣的動作，我又不禁皺了皺眉：精神極端不集中，恍惚的人才會這樣！

我接過了信封：「我們什麼時候，喝一杯酒？」

喬森道：「晚上我來找你。」他招手把那面目陰森的中年人叫了過來：「衛斯理先生是我的好朋友，以後他可以自由進出，不要對他進行例行的保安手續。」

那人答應了一聲，我向會場中張望了一下，看到不少工程人員正在忙碌工作，喬森也一副立逼我去辦的樣子，我只好道：「好，晚上見。」

我自己一個人轉身走進電梯，到了大堂，拆開那信封，裏面有一個地址，和一張模糊不清的側面像。

喬森說我要去見的一個人是一個超級珠寶竊賊，照片雖然模糊，但我卻有十分熟悉的感覺。

地址，是紐約高級住宅區。

我想不到老遠趕來，會做這樣的事，雖然老大不願，但既然答應了，也只好先做了再說，喬森辦事十分妥當，已替我準備了車子。

到了那個地址，我不禁躊躇起來。事情如何進行，很傷腦筋，我總不成上去按鈴：「你是超級珠寶竊賊嗎？」然後再說：「我來警告你，別打主意。」

真是這樣子，不被人家送進精神病院去才怪。所以，下車之後，來到了那棟大廈門口，我還在想該如何進行才好。

那是一棟十分高級的住宅大廈，大門口一大幅空地，豎立着一個高大的現代雕刻，我站在這個雕刻之旁，望着大廈。

大廈的門是玻璃的，可以看到用雲石鋪出的大堂，有兩個穿制服的司閽在。地址給我的是這棟大廈的頂樓。通常來說，這一類大廈的頂樓，是全棟大廈中最豪華的一個單位。

我在考慮如何進行，引起了那兩個司閽的注意。我看到他們先是交談了幾句，然後，其中一個打開了門，向我走了過來。

我不禁感到十分尷尬，同時心中也下了決定：如果他大聲呼喝趕我走的話，那麼，我就索性把他打昏，衝進去，再打昏另一個，我就可以上樓去見我所要見的人。

可是，接下來的情形，卻出乎意料之外，那司閽來到了我的面前，十分有禮：「先生，請問你是喬森先生派來的嗎？」

我陡地一呆，大是高興，忙道：「是，是。」

那司閽忙道：「頂樓的那位先生，等了你好幾天了，請進來。」

跟着他走到門口，裏面那司閽搶着來開門，我進去之後，給了他們相當可觀的打賞，兩人的態度更加恭敬。

一個司閽按動了對講機：「先生，喬森先生派來的人來了。」

第二部

奇怪的夢話

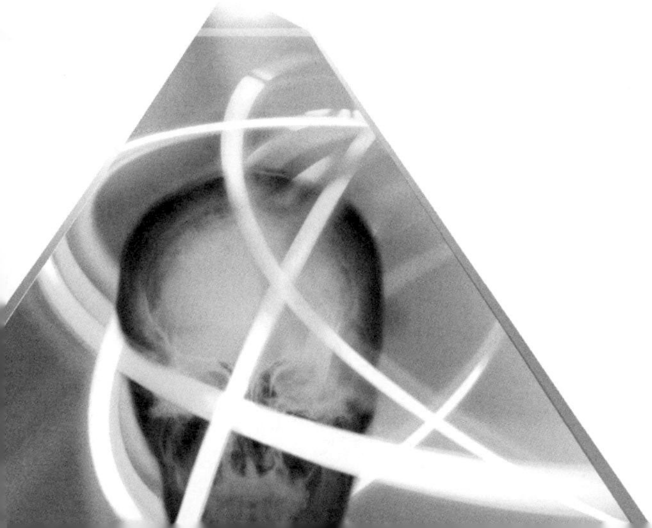

那個超級珠寶竊賊的氣派真不小，不但住在這種豪華的大廈頂樓，而且還有私用電梯，電梯由上面控制的。那也就是說，如果上面不放電梯下來，就不能上去。

電梯佈置精美，等到電梯門打開，我跨出去，是一個相當寬敞的川堂。一眼看到的，是一個佛像。那種鍍金的佛像，是來自印度或尼泊爾，是極有價值的古物。

我向前走去，繞過了佛像，走向兩扇木雕的大門，才來到門口，門就打了開來。

大門內，是一個佈置華美之極的客廳，客廳中並沒有人。

我一面打量着，一面問：「有人嗎？」

另一扇門打開，那是一間書房，我可以看到的那一面牆全是書，有一個聲音傳出來：「請進來。」

我進了書房，就看到有人坐在一張可以旋轉的絲絨安樂椅上，他正轉過來，面對我。我向那個人望去，那個人也向我望了過來。

我不厭其煩地描寫我和這個「超級珠寶大盜」見面的經過，是因為結果實在太意外！

他轉過身來，一打照面，我呆住了。

而且，我絕對可以肯定，坐在安樂椅上的那個人也呆住了。

我們絕對未曾想過會在這種情形下見面。同時，我心中也不禁暗罵喬森給我的照片，實在太模糊，只使我感到這個「珠寶大盜」有點眼熟，卻不足以令我知道是誰。

對方的吃驚程度，遠在我之上。他一看到了我，陡地站起，張大了口，神情驚詫之極，好像明明看清了是我，但還是不相信我會站在他的面前。

我在呆了一呆之後，伸手指着他，也不出聲。還是對方先打破了沉默：

「怎麼會是你？衛斯理。」

這人總算開了口，我曾和他相處一個相當長的時間，可是，這還是第一次聽到他講話，這個人，就是個子不高，頭半禿，看來極其普通，據說是靈魂學專家的金特先生。

我可以預期在這裏見到任何人，因為超級珠寶大盜，本來就最善於掩飾自己的身分。就算我見到的人是已經被人槍殺了的約翰連儂，我也不會更驚訝。

等他問了一句之後，我才定下了神來，吁了一口氣：「怎麼又會是你呢？金特先生？」

金特皺了皺眉，他不喜歡講話的毛病又發作了，擺了擺手，示意我坐下。

由於在這裏見到金特，太意外了，所以我暫時不坐下，先來到酒櫃前，倒了一杯酒，一口喝下去，才坐了下來。

金特也坐了下來，望着我，我也望着他，兩人都好一會不講話。

我知道，剛才金特如果不是極度驚訝，他不會開口，這時，如果等他先講話，我可能要等好幾小時也沒有結果。

所以，我略欠了欠身子，先開了口：「我先要弄清楚，我是不是找錯了人。」

金特仍然不說話，只是望着我，我說道：「我是應該來見一個超級珠寶大盜的，喬森這樣告訴我。」

金特發出了一下悶哼聲：「錯了。」

我不知道他這樣說是什麼意思。他是說喬森錯了，他不是珠寶大盜？還是說我錯了，我要來見的人，根本不是他？

所以我道：「錯了是什麼意思，請你說明白一點！」

金特皺了皺眉，並沒有說話，現出一臉不耐煩的神情來，等於是在說：「真笨，這麼簡單的事，還要我多費唇舌。」

他的這種神情，惹惱了我。

本來，預期來見一個珠寶大盜，忽然見到了一個靈魂學家這種意外之極的事，十分有趣。可是偏偏這個人不喜歡講話，弄得一肚子悶氣。

我伸手指着他，「不管你是不是喜歡講話，我來見你，有話要對你說，而你顯然也在等我，你一定要說話，要說我聽得懂的完整句子，要不然，我立刻就走，你可以一個人保持沉默。」

剛才在大堂的時候，司閽曾告訴我他等了我好幾天，可知他在等喬森派來的人，一定也有事，我可沒法子和他打啞謎。所以先說明比較好。

金特聽了我的話之後，又沉默了一會，才道：「喬森錯了，我不偷珠寶。」

我「哼」地一聲：「那麼，偷珠寶的人在哪裏？叫他出來，我有話要對他說。」

金特卻又道：「就是我。」

我陡地向前俯了俯身，真忍不住要衝過去，打他一拳。雖然，我已經握了拳，但總算未曾打出去。不過，我也下定了決心，不再和這種人打交道，我把話交代過就算了。

我忍住了氣，也盡量用最簡短的話道：「據我所知，世上沒有任何人可以突破這次展覽的保安系統，你還是不要下手的好。」

我講完之後，站了起來，又去倒了一杯酒，一口喝乾。我不立即離開，是給他一點時間，去答覆我的話。可是他仍然不出聲。

金特不出聲就算了，我放下酒杯，向門口走去，到我快走出書房之際，才聽得他道：「我要一張請柬。」

我陡地一怔，剛才他的話雖然是莫名其妙，有一句我一定沒有聽錯，那就是他承認他就是來偷珠寶的人。

可是這時，他卻又要一張珠寶展覽會的請柬。我真的不知道他是一個什麼樣的白癡。也不知道他以為我或喬森是什麼樣的白癡，天下怎麼會有發請柬請偷珠寶的人來光顧這種事？

我轉過身來，盯着他看，他的神情，居然十分誠懇，像是他提出來的只是普通的要求，並非荒謬絕頂的事。

我又是好氣，又是好笑：「哦，你要一張請柬。請問，你要請柬來作什麼？」

金特又皺起了眉，在他的臉上，再度現出那種不耐煩的神色來。好像我問的那個問題，根本不值一答。我大喝道：「回答。」

金特竟然也惱怒起來：「請柬，當然是要來可以進入會場。」

我仰天大笑了三聲，不過這種中國戲台上特有的一種諷刺形式，金特未必知道，所以笑了三聲之後，沒有再笑下去。卻不料金特居然懂，他冷冷地問道：「何事發笑？」

我吁了一口氣：「你偷珠寶，你想想，請柬怎麼會發給你？」

金特這次，居然立時有了回答：「有請柬，就不偷；沒有，就偷。」

他說得十分認真，我想反駁他，可是感到，和他再說下去，也不會有什麼結果，反正我的話已經帶到，他的話，我也可以轉給喬森，我的任務已經完成了。

我點頭道：「好，我向喬森轉達你的要求。不過，作為過去曾認識過，我勸你，就算沒有請柬，你也不要亂來，看來你無論如何不像是一個可以在這個展覽會中成功偷取珠寶的人。」

金特沒有反應——這是意料中的事，我走出書房，他也沒有送出來。這個居住單位的面積相當大，還有着樓上，看來只有金特一個人居住。我在想：普索利爵士對金特這個人的了解太差，說什麼他曾在希臘的修道院居住過，又說他曾做過苦行僧。哼，全然不是那麼一回事。

出了那棟大廈，回到酒店，經過大堂時，一個職員交給了我一張條子，我打開一看，條子是喬森寄給我的：「午夜左右，請到我的房間來。」

我並不覺得什麼奇怪，展覽會兩天後就開幕，看來他要連夜工作。

回到了自己的房間，休息了一會，和白素通了一個電話，在午夜之前十分鐘，我離開了房間，到了喬森居住的那一層，按了門鈴。來開門的，是那兩個年輕人中的一個，我道：「喬森約我來的。」

他「啊」地一聲：「喬森先生還沒有回來。」

我看了看時間，是午夜之前的五分鐘。做慣情報工作的人，一定會遵守時間。所以我說道：「不要緊，我等他。」

年輕人讓我進去，正如他曾說過的，進去是一個起居室，兩邊都有房間，我坐下之後，那一個固執的年輕人也走了出來。

我和他們打了招呼，閒聊着，時間已是零時二十分了，喬森還沒有出現。我開始有點不耐煩：「他在什麼地方？還在工作？」

那固執的道：「不知道，自晚上九時之後，就沒有再見過他。」

我不禁有點擔心：「經常這樣？」

兩人互望了一眼，一個道：「以前不是，這幾天……才這樣，有幾個小時行蹤不明。」

我吸了一口氣，向喬森的那間房間望了一眼：「還說夢話？」

兩人一起點了點頭，我走過去，在關着的房門上，叩了兩下：「房間的隔音設備不錯，他習慣開着房門睡覺？」

我這樣說，用意十分明顯，如果喬森關着門睡，他就算說夢話，兩人也聽不見。

固執的那個明白了我的意思，立時道：「沒有，他沒有這個習慣，我們也沒有。」

我陡地一呆：「什麼，你是說，喬森的夢話，隔着兩道門，你們也可以聽得見？」

那年輕人道：「不是聽得見，是被他吵醒的。」

我一時之間，不禁講不出話來，呆了半晌，只好道：「那麼，他不是在講夢話，是扯直了喉嚨在叫喊。」

兩人嘆了一聲：「差不多。」

我感到事情十分特別：「他叫的是……」

那固執的立時接上去：「他叫的是：『我沒有，我們沒有！你有？你們有？』」

我道：「那是什麼意思，你們沒有問？」

固執的那個道：「喬森先生很嚴肅，我們不敢詳細問，只是約略提了一下，他說他在說夢話，所以我們就以為他在說夢話。」

我愈來愈奇怪，正想再問下去，有開門聲傳來，門打開，喬森出現在門口。他的樣子，像是剛和重量級拳手打完了十五個回合。

我不是說他的頭臉上有傷痕，而是他的那種神態，我很少看過有人的神態會疲憊成這個樣子，他走進來的時候，脖子像是濕麵粉一樣地下垂着。

我失聲道：「喬森，你從哪裏來？幹了什麼？」

一聽到我的聲音，喬森抖了一抖，抬起頭向我望來。這時候，我才知道喬森並不是疲倦，而是沮喪。他眼神散亂，所表現出來的那種極度沮喪的神情，真是令人吃驚。

不單是我，那兩個年輕人也張大了口，合不攏來，喬森一看到起居室有人在，陡然之間，吼叫了起來，他是在吼那兩個年輕人，聲音嘶啞：「你們為什麼還不去睡？」

那兩個年輕人嚇了一跳，忙道：「等……你！」

喬森繼續在罵：「有什麼好等，滾回你們自己的房間去。」

他一面叫着，一面極其失態地向前衝來，又大叫道：「快滾！」

這一下呼叫聲之大，令人耳際起着迴響。我在這時，突然想起了一點：隔了兩道門而可以將人吵醒的叫聲，一定就這樣大聲。

那兩個年輕人忙不迭進房去，立時將門關上。

喬森深深地吸了一口氣，伸手在臉上用力抹了兩下，坐了下來，雙手捧着頭，身子在微微發抖。

在這樣的情形下，我實在不知如何才好，只好問他：「怎麼啦？」

喬森過了好一會，才陡地站起，背對着我，倒了一大杯酒，一口喝乾。當他再轉過身來時，已經完全恢復了常態：「沒有什麼，你怎麼不喝點酒？」

我盯着他，眼睛一眨也不眨，心中在找着罵人的詞彙。老實說，我罵人的本領也不算差。可是我從來也未曾見過一個人厚顏無恥到這種程度，說謊說成這個樣子的。要找出罵這種人的話，倒真不容易。我不怒反笑：「好，喝酒。」

我也走過去，倒了一杯酒，然後，我舉起酒杯，對着他：「喬森，給你兩個選擇。」

喬森不明所以望着我，我又道：「你是願意我將這杯酒從頭淋下來，還是拉開你的衣領將酒倒進去？」

喬森道：「開什麼玩笑！」

他這時候的神情，看來純真得像是一個嬰兒。我早就知道他做過地下工作，掩飾自己心中的秘密，正是他的特長，但也不知道他在這方面的功夫，這樣爐火純青。

他既然有這樣的功夫，剛進來的時候怎會有那種可怕的神情？唯一的解釋是，他身受的遭遇實在太可怕，他無法掩飾。

我看着他，他全然若無其事。我嘆了一聲，喝乾了杯中的酒：「是我自己不好。」

喬森道：「你在說什麼？」

好傢伙，他反倒責問起我來了，我立時道：「是我自己不好，我以為我們是朋友。」

喬森笑了起來：「當然是，不然，我不會請你來幫忙。」

對於他這種假裝，我真是反感到了極點，人和人之間的關係，真正坦誠相對的少，互相欺騙的多。但是像這種公然當對方是白癡一樣的欺騙，卻也真是少見得很。

我氣得講不出話來，喬森倒很輕鬆：「你去見了那個珠寶竊賊？」

我心中暗嘆了一聲，想：這個人已經無可救藥了，就算我再將他當作朋友，也不行了。當我想到這一點的時候，我已有了主意。

我道：「是，見了，我轉達了你的話，他提出了一個反要求。」

喬森的神情，立時充滿了機警：「要求？他想勒索什麼？」

我道：「他要一張這次展覽會的請柬。」

喬森怔了一怔，一時之間，像是沒有聽懂我的話，我又重複了一遍，我以為他一定會哈哈大笑了，誰知他聽清楚了之後，皺着眉，考慮得還很認真。

過了一會，他才道：「就是這個要求？」

我真已忍不住了：「那還不夠荒謬麼？」

他作了一個手勢，示意我不要說話，然後，他又想了一會：「可以的，他要請柬，我就給他一張。」

我先是一呆，接着，伸手在自己的額角上拍了一下，我實在無法明白自己是和一些什麼人在打交道！

好在我已經決定不再理會這件事，所以我漠不關心地：「好，那是你的事。」

喬森望着我，想說什麼，但是我不等他開口，就道：「好了，這件事我已替你辦妥了，別的事，我再也沒有興趣，包括參觀那個珠寶展覽在內，明天一早，我就走了。」

喬森嘆了一聲：「為什麼？」

我也學足了他，淡然笑着：「不為什麼，什麼事也沒有。」

喬森在聽了我這樣回答之後，陡然激動了起來，大聲道：「沒有事，我知道，你是怪我有事瞞着你。是的，我有事情沒對你說，那又怎麼了？每一個人都有點事不想對人說，難道不可以嗎？」

他愈說愈是激動，像是火山突然爆發。我也料不到他忽然會變成這樣子，只好瞪着眼，聽他說下去。他一口氣說到這裏，才停了一停，然後又道：「那完全是我個人的事——什麼人都幫不了我，我的外形看來很痛苦，很失常？是的，我承認，我求求你，別試圖幫我，因為我自己知道自己的事，任何人都沒法幫着我。」

他最後那幾句話，聲嘶力竭叫出來。我可以肯定，那兩個年輕人雖然被他趕進了房間去，但一定無法睡得着。

我等他講完，看着他急促地喘着氣，臉色由紅而青，我才嘆了一聲：「誰都會有麻煩。你不想我幫助，我也決不會多加理會。可是我仍然要離去，而且建議你辭職，因為看來你的精神狀態，不適宜擔任重要工作。」

喬森走過去，喝了一大口酒：「沒有什麼，我可以支持得住。」

我忍不住又說了一句話。

當時，我如果連這句話也不說，照我已決定了的行事，掉頭就走，就算再發生任何驚天動地的大事，也不關我的事了。

可是我卻偏偏又說了一句話，這怪我太喜歡說話。我道：「你剛才答應發請柬給珠寶竊賊，就不會有人說這是明智的決定。」

喬森立時道：「你去了？見到了那個人？」

我道：「我已經說過了，真好笑，這個人，是我的一個熟人，我從來也不知道他是什麼超級珠寶大盜，只知道他是……」

喬森接了口：「——靈魂學專家。」

喬森竟然早就知道金特是一個靈魂學專家！那他怎麼又說金特是珠寶大盜？我又想起金特的言詞也是那麼閃爍，他們兩個人究竟在搞什麼鬼？

我的好奇心被勾了起來，我看着喬森：「原來你早知道了？」

喬森道：「是的，他第一次來見我，自我介紹的時候，就這樣說。這個人，不很喜歡講話——坐下來，聽我說說我和他打交道的經過，我一直不知道他目的是什麼，或許你可以幫我分析一下。」

這時，就算他不講我坐下，我也要逼他說出和金特相識的經過。所以，我坐了下來，等他說。

喬森想了一想：「那天下午，我正在忙着，開完了一個會，會場要絕對按照計劃來佈置，秘書說有一個人要見我，未經預約，說有十分重要的事。」

我搖着頭：「你完全可以不見這個人。」

喬森道：「當然，我立即說不見，可是秘書遞給了我一張紙條。」

喬森低嘆了一聲，停了片刻。我不知道他有什麼要沉吟思索。他先低聲說了一句：「那紙條是另一個人寫的，介紹金特先生來見我，叫我務必和他見一見面。」

我「哦」地一聲：「我明白了。寫這紙條的人，你不能拒絕。」

喬森道：「是，所以我……」

他急於向下講去，我卻打斷了他的話頭，說道：「等一等，你還沒有說，寫紙條給你的，是什麼人？」

喬森有點惱怒：「你別打岔好不好，是誰寫的都不是問題，問題是這個人要我那麼做，我就不能拒絕。」

我看得出，喬森的惱怒，是老羞成怒，他一定又在隱瞞着什麼。不過我倒也同意他的話，紙條是誰寫的，並不重要。

當然，等到知道紙條是誰寫的，原來極其重要，已是以後的事了。

和金特見面的情形，後來我又向其他的人了解過，當時的實在情形如下：

秘書用疑惑的神情望着喬森，因為前十秒鐘，喬森先生連眼都不望她一下，就大聲吼叫：「叫他走，我什麼人也不見。」可是，他看了那紙條，就連聲道：「請他進來，請這位金特先生進來！」

秘書走了出去，帶着金特進來。喬森的工作又重要又繁忙，秘書帶着金特進來之際，有兩個職員也趁機走了進來，喬森立時指着那兩個人：「請在外面等我。」

同時，他又向秘書道：「我什麼人也不見，記得，任何人，任何電話，都別來打擾我，直到我取消這個命令為止，要絕對執行。」

秘書感到事態嚴重，連聲答應，那兩個想進來的職員，也連忙退了出去。

當職員和秘書退了出去之後，喬森的辦公室中發生了一些什麼事，他們就不知道了。兩個職員之中，有一個職位相當高，給喬森這樣趕走，不禁有點掛不住。所以當辦公室的門關上之後，他就問秘書：「那個禿子，是什麼大人物？」

那職員這樣問，當然是有道理的。因為在這間酒店中，大人物實在太多了，國王、公爵、將軍、公主、王子，什麼樣的大人物都有。

秘書聳了一下肩：「不知道，喬森先生好像從來也沒有聽過他的名字，本來不想見他的。」

那職員道：「為什麼又改變了主意？」

秘書道：「不知道，或許他是什麼重要人物介紹來的，他有一封介紹信。」

辦公室中，喬森和金特見面的情形，由於當時並沒有第三者在場，因此情形是喬森說的。

喬森望着金特，神情有點疑惑：「金特先生？」

金特道：「是，我是一個靈魂學專家。」

喬森有點啼笑皆非：「你找錯了人吧？我正在籌備一個大規模的珠寶展覽，不是要進行一個降靈會。」

金特並不解釋，他是一個不喜歡說話的人，所以只是直接提出了他的要求：「我要參加，並且要發表一篇簡短的演說。」

喬森笑了起來：「這沒有可能。」

金特堅持着：「我一定要。」

喬森有點惱怒：「絕無可能。」

金特甚至沒有再說什麼，只是盯着喬森看，眼神有強迫之意。

喬森當然不會因為金特的這種眼光而屈服，他又重複了一遍：「絕無可能，別再浪費我的時間了。」

金特沒有說什麼，打開門，走出去，秘書正在工作，抬頭向他看了一眼，喬森則自辦公室中傳出了語聲：「剛才的命令取消，開始恢復工作。」

秘書不知道辦公室中發生了什麼事，但是有一件事，她印象十分深刻。那就是，在那兩個職員離去，到金特出來之際，她一直在打字，一共打了五封信。每封信的字數，是一百字左右。

秘書說她打字的速度不是很快，一分鐘大約只有五十個字，那麼，她打那五封信，至少花去十分鐘。

而喬森所說的，他和金特會面經過，只是講了幾句話，無論如何要不了十分鐘！

喬森向我說他和金特會面的情形時，我未曾想到這點，那是以後的事，在敘述的次序上，提前了一步。

而且，當我知道喬森另外還隱瞞了什麼，再憶起喬森的敘述，發現另有一點，就是喬森絕口不再提及那張紙條。

當時，我聽到喬森講到這裏，就道：「就是這樣？」

喬森「唔」了一聲。我對他講的經過很不滿，但是為何不滿，也不講出來，我只是道：「那麼，你又怎麼知道他是超級珠寶大盜呢？」

喬森笑了一下：「當時，他走了，我以為事情過去，誰知道過了幾天，他派人送了一封信來，信上，列舉了七個人的名字。這七個人的名字，旁人或許不怎樣，但是我看了，卻不免有點心驚。」

我有點不明白，喬森立時解釋道：「這七個人，全是世界上第一流的珠寶盜賊，金特在信上說，只要他下令，這七個人，會為他做任何事。那顯然是在威脅我。而他又給了我地址，說是如果我有了決定，就可以通知他。」

我問：「那張照片……」

喬森道：「既然有了地址，他又提出了威脅，我就派人去跟蹤他，他一直在屋子裏，沒有離開過，那張照片，是在對面的大廈，用遠距離攝影隔着窗子拍下來的。」

我迅速地想了一下：「你要我去見他，是幾時決定的？」

喬森道：「是他說那七名大盜可以聽令於他時，本來我想自己找他的，你來了，當然你是代表我的最好人選。」

我忽然想起一件事來：「很怪，他好像料定了你不會親自去一樣。」

喬森神情愕然，我道：「他住的那大廈的司閽，見了我就問是不是你派來的。那當然是金特交代他的。」

喬森半轉過頭去，對我這句話，一點反應也沒有。但是我卻看得出，他連望也不敢望我，這種神態，是故意做作出來的。

喬森的態度十分曖昧。儘管他掩飾得很好，但看出他一直在掩飾。

我表示了明顯的不滿：「他要參加，你準備答應他？」

喬森有點無可奈何：「雖然那七個人就算來生事，也不見得會怎樣，但總是麻煩。而且我也有向有關方面查過，金特這人的身分極神秘……」

我道：「是的，我對他也很了解，但卻不知道他從事珠寶盜竊工作。」

喬森道：「他自己從來也沒有偷過東西，但是那七個大盜，卻真的曾和他有過聯絡。一個月前，在日內瓦。你知道，那七個大盜，每一個都是國際刑警注意的目標，七個人忽然同時在日內瓦出現，國際刑警總部的緊張程度可想而知。當時，正有一個油國高峰會議在日內瓦舉行，國際警方以為這七個人是在打阿拉伯人的主意，可是調查下來，卻不是，這七個人到日內瓦去，只是為了和一個叫金特的人見面。」

我覺得奇怪之極：「倒真看不出金特這樣神通廣大。」

第三部

沒落王朝末代王孫

喬森又道：「國際警方在這一個月來，動員了許多人力，調查金特這個人，可是卻查不出什麼，只知道他用的是以色列護照，可能是猶太人，行蹤詭秘，全然沒有犯罪的記錄。我就把他當超級珠寶竊賊，索性讓他來參加，加強監視，他也不能有所行動。」

他講到這裏，頓了一頓：「明天，你肯替我送請柬去？」

我的好奇心被勾引到不可遏制的地步，再也不想回去，一口答應：「好。你也該早休息了，聽說你睡得不好，常做噩夢，講夢話講得非常大聲？」

我只不過是隨便說一句，可是喬森在剎那之間的反應之強烈，無出其右，他先是陡然間滿臉通紅，連耳根子都紅了，接着，咬牙切齒道：「多嘴的人，天下最可惡。」

他說的時候，雙手緊握着拳，那兩個年輕人如果這時在他身邊的話，我敢擔保，他一定會揮拳相向。

我倒要為那兩個年輕人辯護一下：「都要怪你自己的行動太怪異。」

喬森轉過身去：「不和你討論這個問題。」

當時，我也不以為這個問題有什麼大不了，他這種樣子，分明是內心有着不可告人的隱痛，不討論就不討論好了。我離開了他的房間。

回到了自己的房間之後，我不覺得疲倦，沒有什麼可做，稍為休息了一會，就又出了房間，到酒店的酒吧中去坐坐。

我並無特殊目的，只不過是想消磨一下時間。進酒吧之前，我已經皺眉不已。酒店為了保安的理由，除了酒店的嘉賓之外，不再接待外來的客人。酒吧的門口，站着好幾個警衛，金睛火眼，盯着進去的人。像阿倫狄龍，人人都認得他，自然不必受什麼盤問，我就被問了足足一分鐘，雖然詢問的人，態度十分恭敬，但是那種冷漠的語氣，真叫人受不了。

酒吧中沒有鬧哄哄的氣氛。偌大的酒吧，只有七八個人，酒保苦着臉，連那隊四人的一流爵士樂隊，也顯得無精打采。

我在長櫃前坐下，要了一份酒，轉着酒杯。酒保是一個身形十分高大的黑人，正無聊地在抹着酒杯，我轉過身來，看看樂隊演奏。酒吧中那七八個客人，看來很眼熟，多半是曾在報紙雜誌上看到過他們的照片。

我喝完了一杯酒，實在覺得無趣，正想離開，忽然看到一個角落處，有一個人，站起身，搖搖晃晃，向我走來。

那人相當瘦削，約莫三十上下，衣著隨便，但即使燈光不夠明亮，也可以看出，他身上的一切，沒有一件不是精品。也正因為是這樣，所以才使他看來，隨便得那麼舒服。他來到了長櫃之前，離我並不遠，用極其純正的法語，叫了一種相當冷門的酒。

那身形高大的黑人酒保沒有聽懂，問了一聲，那人現出了一種含蓄的不耐煩的神色來，又重複了一遍，那酒保仍然沒有聽懂，有點不知所措的樣子。我向酒保道：「這位先生要的是茴香酒加兩塊冰，冰塊一定要立方形。」

酒保連聲答應着，那人向我咧嘴笑了一笑，又用極純正的日語道：「我以為他聽得懂法語的。」

我實在無聊，對他的搭訕倒也不反對：「我是中國人。」

那人向我伸出手來，一開口，居然又是字正腔圓的京片子：「您好。」

我和他握手，一面打量他，我不想猜測他的身分，而是想弄清楚他是什麼地方人，可是即使是這一點，也很難做得到。他看來像是一個歐亞混血兒，雖然瘦，可是一臉精悍之色，已經有了五六分酒意，仍然保持清醒，這種人的內心，多半極其鎮定，充滿了自信，也一定是個成功人物。

當我在打量他的時候，他同時也在打量我，兩人的手鬆開之後，他笑了笑：「在這酒店中，兩個人相遇，而完全不知對方來歷，機會真不多。」

我喜歡他的幽默感：「我是無名小卒，我叫衛斯理。」

這時，酒保已經將酒送到了他的面前，他也已經拿起了酒杯來，可是一聽到我自我介紹，他手陡然一震，幾乎連酒都灑了出來。

他立時回復了鎮定，語調十分激動：「就是那個衛斯理？」

我呆了一呆：「我不知道還有什麼別的衛斯理。」

那人喃喃地道：「當然，當然，應該就是你。」他一口喝乾了酒：「我是但丁。」

看他說自己的名字的樣子，更是充滿了自信，我只把但丁這個名字和文學作品連在一起，所以我表現並不熱切。

但丁顯然有點失望，再以充滿自信的語氣道：「但丁．鄂斯曼。」

我只好抱歉地笑了一笑，因為但丁和但丁．鄂斯曼，對我來說，完全一樣，是一個陌生的名字。我道：「你好，鄂斯曼先生。」

那人忽然激動了起來：「你對鄂斯曼這個姓，好像沒有什麼特別的印象？」

聽得他這樣講，我知道我應該對這個姓氏有印象，可是我實在不知道這個姓氏代表了什麼，我只好把我笑容中的抱歉成分，加深了幾分：「聽起來，好像是中亞細亞一帶的姓氏。閣下是……」

那人挺了挺胸：「但丁．鄂斯曼。」

他再一次重複他的名字，那表示我無論如何應該知道他是什麼人。可是我實在不知道他是何方神聖，而且我也不準備再表示抱歉了。我準備出言譏諷他，也就在那一剎那間，我腦中起了對鄂斯曼這個姓氏的一個印象，是以我用相當冷漠的語氣道：「自從鄂斯曼王朝在土耳其煙消雲散之後，這個姓少見得很。」

我本來是出言在譏諷他的，以為他聽了之後，一定會生氣。可是出乎意料之外，他突然之間，雙眼之中，射出異樣的光采，張開雙手，神情又高興又激動：「真了不起，我早知道你是一個了不起的人，所以我早就要來找你了。唉，鄂斯曼，現在又有誰能將這個姓氏，和宣赫了將近七百年的王朝聯繫在一起？歷史湮沒了一個王朝，甚至也湮沒了一個姓氏。」

他說得極其傷感，那不禁使我發怔，我道：「閣下是鄂斯曼王朝的……」

但丁．鄂斯曼立時點了點頭：「到目前為止，最後的一個傳人。」

我怔了一怔，一時之間，不知是放聲大笑好，還是同情他的好。土耳其的鄂斯曼王朝，在歷史上的確曾宣赫一時，但是自從一九二二年，土耳其革命成功之後，這個王朝已經覆亡，從來也未曾聽說過還有什麼傳人。眼前這個人，卻自稱是這個王朝的末代王孫。

我實在不明白他何以一定要堅持自己這個身分，這個身分，對他來說一點意義也沒有。或許，他攬鏡自照，可以稱自己一聲「王子」，甚至於封自己為「皇帝」。

然而，世上不會有人承認他的地位。俄國沙皇的小女兒的真假問題，曾經引起爭論，那是因為俄國沙皇在國外的巨額財產的承繼權，冒充者有實質利益可得之故。而冒充鄂斯曼王朝的末代王孫，真不知道會有什麼好處。

本來，我對這個人相當欣賞，因為他外表上看來，那種冷漠的、傲然的自信，很給人好感，可是這時聽得他這麼說，不論是真是假，卻都叫人鄙夷。

我還算是厚道的了。不忍心太傷對方的自尊。所以，我在聽得他這樣說之後，只是「哦」地一聲：「那你得快點結婚生子才對，要不然，就沒有傳人接替你這個王朝了。」

這句話中的諷刺意味，是誰都聽得出來的。我一面說，一面已作了一些防備，怕他突然翻臉，老羞成怒，朝胸口給我一拳，或是將酒向我臉上潑來。誰知道他聽了之後，竟然對我大生知己之感，長嘆一聲：「說得是，只是可惜，雖然每一個人都在做，但是對我來說，卻並不容易。」

但丁的這種反應，令得我不能再取笑他，我也不想再在他的身世上糾纏下去，只好轉移話題：「你剛才好像說過，你有事情要找我？」

但丁點點頭：「是。」

我向他舉了舉杯：「請問，有什麼事情？」

但丁的神情變得嚴肅而神秘，他的身子向前俯來，直視着我，一副將有重大事件宣布的樣子，聲音也壓得十分低，保證除了我之外，再也不會有第三者聽到：「我知道你的一些經歷，對應付特別的事故能力十分強，所以你是我合作的對象。」

對他的這種態度，我覺得好笑：「合作什麼？搶劫這個珠寶展覽會中的陳列品？」

我這句話一出口，但丁陡然之間，爆出一陣轟笑聲來。他剛才還鬼頭鬼腦，一副神秘莫測的樣子，突然那麼大聲笑，而且他還是和我相隔得如此之近，那不禁令我嚇了一大跳。

酒吧中的人雖然不多，但是他的轟笑聲來得實在太突兀，不但令得酒吧中所有人都向他望來，連在酒吧門口經過的幾個人，也錯愕地探進頭來，想知道究竟發生了什麼好笑的事情。一時之間，場面變得十分尷尬，我莫名其妙，不知道自己剛才那一句話，究竟有什麼值得大笑之處。

但丁笑了一陣，覺察到了自己的失態，止住了笑聲，又壓低了聲音：「這裏——好像不是很方便說話，而且我還有一點東西給你看，換一個地方？」我心急想知道這個自稱為末代王孫的人，究竟一早就想找我是為了什麼，反正我也沒有別的事，要送請柬給金特，又是明天的事，是以我無可不可地點了點頭。但丁道：「你的房間還是我的房間？」

我不禁苦笑，這句話，在酒吧之中說，通常是男女之間勾搭用的；而但丁卻一本正經地這樣問我，我只好答道：「你不是說還有東西給我看麼？那麼，就到你的房間去好了。」

但丁笑了一下：「東西我帶在身上，就到你的房間去。」

我向他身上看了一眼，他穿着剪裁十分合體的衣服，質地也相當名貴，可以看得出他的生活並不壞。自然，我看不出他身上有什麼特別的東西在。

我在帳單上簽了字，和但丁一起離開，來到了我的房間中，才一進房間，但丁就向我做了一個相當古怪的手勢。

一時之間，還不知道他這個手勢是什麼意思，只好傻瓜一樣地瞪着他。他又做了一遍，我還是不明白，只好道：「請你說，我不明白你的手勢。」

但丁將聲音壓得極低道：「你房間裏會不會有偷聽設備？」

我給他問得啼笑皆非。難怪我剛才看不懂他的手勢，原來他的手勢，代表了這樣一個古怪的問題。

我沒好氣地說道：「當然不會有。」

但丁卻還不識趣地問了一句：「你肯定？」

我實在有忍無可忍之感，大聲道：「你有話要說，就說。沒有話要說，就請！」

我心中暗忖，自己不知道倒了什麼楣，碰到了這樣的三個人：金特根本不講話，就算說了，也只是幾個簡單得不能再簡單的字，還得花一番心思去猜他想表達什麼。喬森呢，語無倫次。而這個但丁，卻囉唆得連脾氣再好的人，都無法忍受。

但丁不以為忤，笑了一下，還在四面張望，察看是不是有竊聽設備。總算，他感到滿意了：「衛先生，剛才我聽你說，搶劫這個珠寶展覽中的陳列品，我實在忍不住發笑。」

我翻着眼：「那有什麼好笑的？」

但丁揮着手，又現出了好笑的神情來：「這個展覽會中的陳列品，算得了什麼。」

我怔了一怔，但丁說得認真，口氣之大，難以形容。珠寶展覽的展品，還未曾陳列，放在銀行的保險庫中，如何從保險庫運到會場來，已經使得喬森傷透了腦筋，而各參展的珠寶，從世界各地集中到紐約來的時候，保安工作的陣仗之大，史無前例。

參展品的目錄，用最高級的印刷技術，印成了厚厚的一本書，我約略翻過這本書，幾百件珠寶珍飾之中，沒有一件不是精品。世界豪富階層，已經在爭相猜測，那串毫無瑕疵的，由十二塊、每塊十七克拉的紅寶石組成的項鏈，會歸誰所有；或是估計杜拜的酋長，是不是會將那七粒一套，獨一無二的天然粉紅鑽石鈕扣買下來，釘在他的襯衣之上。

而但丁卻說：「算得了什麼。」

我沒有反駁他的話，因為世上有許多話，根本不值得反駁。我只是道：

「好，那不算什麼，請問，什麼才算得了什麼？」

但丁聽得我這樣問，陡然之間興奮起來，眼睛射出光采，雙頰也有點發紅，這次，他的回答，倒十分直截了當：「我所擁有的那個寶藏。」

一聽得但丁這樣回答，我不禁倒抽了一口涼氣。

我曾經盤算過但丁這個人的真正身分，但是天地良心，在聽他這樣回答之前，我沒有想到，他是一個騙子。

一點也不錯，這時，我肯定他是一個騙子。

「一個寶藏！」這種話，只好去騙騙無知小兒，難怪他要自稱是鄂斯曼王朝的最後傳人，他的所謂「寶藏」，當然和這個王朝有關。或許他還能夠拿出「藏寶地圖」來，再加上一些看來殘舊得發了黃的「史料」，來證明確有其事。

然後，去發掘那寶藏。當然要有一筆資金，他有一個價值超過三億英鎊的寶藏，偏偏就缺少二萬鎊的發掘經費。於是，順理成章，他的合伙人，就應該拿這筆錢出來。而這筆錢一到了他的手裏，他就會去如黃鶴，再去找另外一個合伙人。

我在聽了他這句話之後，迅速地想着，然後，學他所說的那樣，我實在忍不住，陡然之間，轟笑了起來。我笑得如此之歡暢，尤其當我看到，我一開始笑，他就瞪大了眼，不知所措的那種樣子之後，我笑得更是開心。

我足足笑了好幾分鐘，才算是停了下來，一面抹着眼角笑出來的眼淚，一面道：「但丁．鄂斯曼先生，算了吧，你別在我身上浪費時間了。」

他仍然不知所措地望着我，我這時心中只有一個疑問，就是：像他這樣的八流騙子，不知是通過了什麼手法，弄到了這個展覽會的請柬的。

我友好地拍着他的肩，真的十分友好，同時道：「你肯聽忠告？你這種行騙的手法，太陳舊了，放在八百年前，或者有點用處。」

我這兩句話一出口，但丁的反應，奇怪到了極點，開始，他表情十足，像是完全不知道我在講些什麼。聽到了一半，他像是明白了。突然之間，滿臉通紅，面上肌肉抽搐，眼中充滿了憤怒，一伸手，抓住了我胸口的衣服，聲音嘶啞：「什麼？你把我當作一個騙子？」

我仍然笑着，伸手在他的手肘處，彈了一下。那一下剛好彈在他的麻筋之上，令得他的手鬆開。我同情地搖着頭：「或許，你也可以被稱為一個偉大的演員。」

但丁仍然狠狠瞪着我，我作了一個「請」的手勢，請他離開我的房間，但丁立時轉身，走向門口，這倒在我的意料之中，騙子被戳穿了而又有機會溜走，還有不走的麼？可是意外的是，他到了門口，突然又轉回身來，狠狠地瞪着我。

我雙臂交叉在胸前，神態悠閒，想看看他還有什麼花樣。

但丁瞪了我一會，突然伸手，解開了他褲子上皮帶的扣子，一面解，一面手在發抖，顯得他真的極度憤怒。

我不禁愕然，不明白他何以忽然解起皮帶來，我揭穿了他的伎倆，他為什麼要脱褲子？

我正想再出言譏嘲他幾句，他已經解開了皮帶的扣子，那皮帶扣，看來是金的，然後，他用力一抽，將整條皮帶，抽了出來。

他雙手拉住了皮帶的兩端，將皮帶拉得筆直，然後，陡然將整條皮帶翻了過來。

在那一剎那之間，我只覺得眼前泛起了一陣眩目的光彩。那種光彩，不是強烈，但真正眩目。

在那條皮帶的背面，鑲着許多鑽石和寶石。或者說，不是許多，也不過十五六塊左右，但是每一塊發出來的光彩，都是這樣奪目，叫人嘆為觀止。房間中的光線不是很強烈，可是那幾塊方型的鑽石，卻還是將光線折射得幻起一團彩暈。

這絕對出乎我意料之外，所以我不知道該說什麼才好。

但丁發出了一下冷笑聲，將皮帶翻了過去，鑽石和寶石反射出來的光彩，反映在他的臉上，看來十分奇特。他翻過皮帶之後，將皮帶穿進褲耳，再扣上扣子。

一直到這時候，我仍然驚訝得說不出話來，而他也什麼都不說，結好皮帶之後，轉過身，拉開門，一出門，就將門關上。

我真不知道剛才那半分鐘之間發生了什麼事，腦筋一下子轉不過來。直到呆了一分鐘之久，我才搖了搖頭，揉了揉眼，恢復了鎮定。同時，也想起過但丁曾說，他有點東西要給我看，而東西他就帶在身邊。當然，他要給我看的東西，就是那些鑽石和寶石。

雖然我只是在相隔好幾公尺的距離下看了幾秒鐘，但是無論如何，我不會說那是假的。那一定是品質極高的鑽石和寶石，不然，不會有這樣眩目的，使人進入夢幻境界的色彩。

一個我認定了是騙子的人，身邊竟然隨隨便便帶着那麼多奇珍異寶！這時，我當然不好意思追出去，請他回來，我立時想到了喬森。我連忙一轉身，來到電話前，撥了喬森房間的號碼。

電話響了又響，響了將近三分鐘，才有人接聽，喬森發出極憤怒的聲音：「到地獄去！你知道現在是什麼時候？你知道我在幹什麼？」

我怔了一怔，他最後那句話，聽得我莫名其妙，凌晨兩點，除了睡覺之外，還能幹什麼？

我立時道：「對不起，喬森，你和金髮女郎在幽會？我打擾你了？」

喬森停了片刻。我聽到他在發出喘息聲，心中多少有點抱歉，但喬森立時用聽來相當疲倦的聲音回答我：「別胡說八道。衛斯理，究竟有什麼事？」

我又向他道歉，然後道：「向你打聽一個人。」

喬森的聲音苦澀：「一定要在這時候？」

我道：「是的，反正你已經被吵醒了……」

我講到這裏，陡地頓了一頓，覺得我這樣說不是很妥當。因為喬森剛才還會生氣地說：「你知道我在幹什麼？」由此可知，他並不是在睡覺，而是正在做着什麼事，那麼，我的電話就只是「打擾了」他，而不可能是「吵醒了」他。

所以，我忙更正道：「反正你在做的事，已經被我打斷了……」

誰知道，我還沒有講完，喬森突然用十分緊張的聲調道：「我沒有在做什麼，我正在睡覺，是被你吵醒的。」

我又呆了一呆，喬森在自己的房間裏做什麼，那是他的自由，他為什麼要掩飾？而且，掩飾伎倆拙劣，使我想起喬森的言詞閃爍，行動神秘的種種情形來。

我可以肯定，在喬森的身上，一定有極不尋常的事情在發生。我心中在盤算着，不知道那是什麼性質的事情。

（這時，無論我怎麼想，都想那一定是和這個大規模的珠寶展覽有關聯。再也想不到這時，隨便我怎麼設想，事實竟會和我的設想，相去如此之遠，到了不可思議的程度。）

當時，我沒有揭穿喬森刻意掩飾，因為我急於想知道有關但丁的事。我道：「要知道一個人的底細，這個人的名字，叫但丁·鄂斯曼，他現在也是這間酒店的住客。」

我的話才一出口，喬森的聲音就緊張了起來：「你為什麼要打聽他？他做了些什麼？」

我倒被喬森這種緊張的聲音嚇了一大跳：「沒有什麼，你不必緊張，我只想知道……」

喬森不等我講完，就打斷了我的話頭：「這個人的背景複雜極了，電話裏講不明白……」他略頓了一頓：「我立刻到你房間裏來。」

我答應了一聲，已經準備放下電話，突然聽到電話之中，又傳來喬森的聲音。我聽到的喬森的聲音，只從電話中傳過來，並不是他對我說的。我猜測，情形應該是這樣：喬森說了要到我這裏來，我也答應了，我們兩人之間的對話已經結束了，我準備放下電話，他也準備放下電話來。

可是，就在他放下電話之際，他已經急不及待地對他身邊的一個人講起話來，所以我才會在慢了一步的情形下，又聽到了他的聲音。

我聽得喬森用幾乎求饒的口氣在說：「求求你，別再來麻煩我了。我沒有，真的沒有，我不知道……」

我並沒有能聽完喬森的全部話，因為他是一面講着，一面將電話聽筒放回電話機上去的，那一個動作所需時間極短。

當他將電話聽筒放回去之後，他又講了些什麼，我自然聽不到了。

我感到震動：喬森在對什麼人說話？他說的那幾句話，又是什麼意思？聽起來，像是有人正在向他逼問什麼，或者是要他拿出什麼東西來，所以他才會那樣說。照這情形看來，在我打電話給他之前，他正受着逼問，並不是在睡覺。

這真是怪不可言，喬森的能力我知道，有什麼人能夠對付他？當年，整個納粹德國的情報機構，也拿他無可奈何，如今有什麼人能夠令得他哀求「別再來麻煩我」？

我思緒紊亂之極，在那一霎間，我也想到喬森的兩個手下，那兩個年輕人說喬森曾不斷地「講夢話」，他所講的「夢話」中，似乎也有一句是「我沒有」。而所謂「夢話」，當然不是真的夢話，真的夢話不會喊叫出來！

我想來想去，想不出一個究竟，門上已傳來了敲門聲，我知道，直接向喬森詢問，如果他有心隱瞞不說，我一點辦法也沒有。

事實上，我已經用相當強烈的方法去逼問過他，結果是不得要領，我決定仔細觀察。看來發生在他身上的事，正令他感到極度的困擾，作為好朋友，自然要盡我一切力量去幫助他。

打開門，喬森膂下，夾着一隻文件夾，走了進來。我看出他根本沒有睡過，雙眼之中，佈滿了紅絲。

他坐下，用手撫着臉：「這裏面是但丁．鄂斯曼的全部資料，這個人，你怎麼認識的？」

他說着，指着文件夾子，我在他對面坐了下來，取過文件夾，打開。裏面的資料並不多，包括了一份世界珠寶商協會的內部年報，一些表格，一些調查訪問的談話記錄，和一些照片。

喬森道：「等你看完了他的資料，我們再來詳細討論，先讓我休息一會。」

我點了點頭，一面看着有關但丁．鄂斯曼的資料，不時向喬森看一眼。喬森以一種十分怪異的姿勢坐着，看起來他並不是休息，而是在沉思。

他將身子盡量傾斜，坐在沙發上，頭靠在沙發的背上，臉向上，雙眼睜得很大，直勾勾地望着天花板上懸下來的那盞水晶燈。

我既然知道他有心事，也就不以為意，由得他去，自顧自看他帶來的資料。

喬森曾説但丁這個人的背景，十分複雜，真是一點也不錯。從所有的資料，綜合起來，簡略地介紹一下但丁．鄂斯曼這個人，也饒有趣味。

但丁．鄂斯曼自稱土耳其鄂斯曼王朝的最後傳人，可是根據記錄，他卻在保加利亞出世。在鄂斯曼王朝的全盛時期，保加利亞曾是土耳其的附屬，兩地的關係，本來就很密切。

但丁的父親，是土耳其民主革命時期，在政局混亂中逃出來的一個宮中女子所生，出生地點，是在保加利亞皇族的一個古堡之中。說起來真是複雜，這個女子，逃出土耳其時，已經懷孕，她堅稱孩子是土耳其皇帝的。而當時，她一定也持有一定的皇族信物，所以才使保加利亞的貴族收留了她。至於她所持的信物是什麼，沒有人知道。這個女子在保加利亞，生下了但丁的父親，但丁的父親長大之後，娶了一個保加利亞女子為妻，但丁的父親相當短命，在二次世界大戰中喪生，但丁也是遺腹子，出生於一九四四年。

誰都知道，一九四五年，大戰結束，保加利亞落入了蘇聯的掌握。那時，但丁的父親死了，可是他的祖母卻還健在，那女人十分有辦法，在大戰結束的第二年，就將但丁從保加利亞，帶到了瑞士。而但丁的母親，那個保加利亞女子，從此下落不明。

從這裏起，情形比較簡單，但丁和他的祖母在一起生活。必須一提的是：但丁的祖母，就是當年自土耳其皇宮中逃出來的那個宮女。

但丁在瑞士受初級和中等教育，在法國、德國和英國，受高等教育，精通好幾國的語言。而他最突出的才能是珠寶鑒定，似乎是與生俱來的本領。有一則傳奇性的記載是：當他十二歲的那年，在一次的社交場合中，他就當眾指出，當時參加宴會的一個公爵夫人所佩戴的珍飾，其中有一半是假的。公爵夫人當時勃然大怒，還曾掌摑這個説話不知輕重的少年。

可是一個月後，這位公爵夫人卻親自登門，向這個少年道歉，因為她發現她的珍飾，的確有一半是假的。她的丈夫，那個落魄公爵將她的珍飾的一半拿去賣掉了，換了假的寶石來騙她。

但丁．鄂斯曼的這份本領，在他進入社會後，迅速為世界各地的大珠寶商所賞識。當一塊寶石放在他的面前，他只要凝視上三五分鐘，就能夠説出這塊寶石的來歷，包括曾為什麼人擁有過，是在什麼地方開採出來，用什麼方法琢磨過。有時，甚至還能指出這塊寶石的原石應該有多大，和這塊寶石原石琢成的其他寶石，應該是什麼形狀，等等。

他對寶石、鑽石質量的鑒定能力更強，一直到電腦鑒定系統出現之前，他的鑒定是最後的權威。甚至一直到現在，還有很多人，寧願相信他的鑒定，而不相信精密儀器。

令人迷惑的是，但丁本身，從未以擁有任何珠寶出名。但是接近他的人，都一致相信，在他的祖母手裏，有着一批稀世奇珍。因為這位老夫人來自鄂斯曼王室。而且，她十分富有，大戰結束後，她帶着但丁到了瑞士，一下子就買下了日內瓦湖邊一棟有十六間臥室的大別墅。但丁本身也有着花不完的錢，經濟來源自然是他祖母的支持。

令人相信但丁祖母手中，有着一批稀世奇珍的經過，也很偶然。有一次，一個法國珠寶商，買進了一套藍寶石首飾，質量之佳，無出其右，鑲工極其精緻，而有着明顯的中東風格。珠寶商通過律師買入，律師決不肯透露賣家的來歷。珠寶商請但丁來鑒定，當時在場的人不少，人人都可以看到但丁在看到了這套珍飾之後的震動，他當時只說了兩句話，一句對珠寶商說：「這些藍寶石的真正價值，是你付出的價錢的十倍！」另一句，是他喃喃自語，給人家聽到的，他低嘆着：「祖母，你不該將這套藍寶石賣掉的。」這兩句話，引起了兩個後果。第一個後果是這套藍寶石珍飾，後來在拍賣之中，果然以比珠寶商收購價格的十倍轉手。

第二個後果是人家相信，這珍飾的賣主，是但丁的祖母，也相信但丁祖母手上，還有着其他珍寶。

但丁一直過着花花公子的生活，在珠寶界和上層社會中，受到尊敬。珠寶界尊敬他的理由和上層社會尊敬他的理由一樣，全是由於他的特殊才能，幾乎每一個認識他的豪富，都想把自己的珍藏拿出來給他鑒定一下。

看完了但丁的資料，我不禁苦笑。

雖然他比普通人古怪，但是和「騙子」絕對搭不上關係。可是我卻偏偏把他當作了騙子！難怪他當時惱怒程度如此之甚。我吸了一口氣，合上了文件夾，去看喬森時，只見他仍然維持着原來的姿勢，不時眨一下眼。

我道：「這個人，比我想像中還要不簡單，他參加這次展覽……」

喬森欠了一下身子：「展品若被人看中，買主多半會要求由他來鑒定，所以他是大會的特級貴賓。不過我總覺得這個人古裏古怪的，你和他之間，有什麼糾纏？」

我苦笑道：「我們在酒吧中偶遇，他向我提及了一個寶藏，我把他當騙子轟了出去。」

喬森聽了，先是一呆，接着哈哈大笑起來。他笑得很開心，這是這次我見到他之後，第一次看到他那麼開心，但是他笑了幾聲，立時又回復了沉鬱道：「他絕不會是騙子，這一點可以肯定。」

我又道：「他隨身所帶着的鑽石和寶石，我看比這個展覽會中的任何一件珍寶更好。」

第四部

我們的靈魂在哪裏？

喬森聽得我這樣說，不禁呆了一呆，像是不明白我在說什麼。我就把但丁解下皮帶，將皮帶的反面對着我，而在他的皮帶的反面，有着許多鑽石的經過，向喬森講述了一遍。

喬森靜靜地聽着，並沒有表示什麼意見。等到我講完，他才「嗯」地一聲：「看來，傳說是真的。人家早就傳說，但丁的祖母，當年離開君士坦丁堡，帶走了一批奇珍異寶。」

我道：「那麼，照你看來，他向我提及的那個寶藏，是不是……」

我想聽聽喬森的意見，出乎我意料之外，好端端在和我講話的喬森，一聽得我這樣問，不等我講完話，陡然跳了起來。

接下來的一分鐘之內，喬森的行動之怪異，當真是奇特到了極點。

當然他的行動和言語，並不是怪誕到了不可思議的地步，而只是一個人在暴怒之後的正常反應。可是問題就在於：他絕對沒有理由暴怒，我什麼也沒有說，只不過提及了但丁所說的那個寶藏，想聽聽他的意見。

喬森自沙發上跳了起來，先是發出了一下如同夜梟被人燒了尾巴一樣的怪叫聲，然後，雙手緊握着拳，右拳揮舞着，看來像是要向我打來。

他的這種行動，已經將我嚇了一大跳，不但立即後退了一步，而且立時拿起一隻沙發墊子來，以防他萬一揮拳相向，我可以抵擋。

可是他卻只是揮着拳，而他的臉色，變成了可怕的鐵青色，額上青筋綻起，聲嘶力竭叫道：「你，什麼寶藏？說來說去，就是寶藏，珍寶，金錢！」

他叫得極大聲，我相信和我同樓的根德公爵、泰國公主他們，一定也可以聽到他的怪叫聲。

一時之間，實在不知道該做什麼才好，我只好道：「冷靜點，喬森，冷靜點。」

由於我根本不知道他為什麼要激動，所以也無從勸起，喬森繼續暴跳如雷：「錢、珍寶、權位，這些就是我們的靈魂？連你，衛斯理也真的這樣想，認為我們的靈魂，就是亮晶晶的石頭？」

不是看他說得那麼認真，我真將他當作神經病。他在這樣說的時候，一雙佈滿紅絲的眼睛，睜得老大，瞪着我，由他的眼中所射出來的那種光芒，充滿懷疑、怨恨、不平。

這時，我真不知道是發笑好，還是生氣好，只好也提高了聲音：「你他媽的胡說八道些什麼？」

喬森伸出手來，直指着我的鼻子：「你，你的靈魂在哪裏？」

他突然之間，從語無倫次變成問出了這樣嚴肅玄妙的一個問題。這個問題，別說我沒有準備，絕無法回答，就算在最冷靜的環境之下，給我充分的時間，我也一樣回答不出來。

所以，我只好瞠目結舌地望着他，而喬森神態轉變突兀，他問那句話的時候，聲勢洶洶，但我還沒有回答，他已經變得極度的悲哀，用近乎哭音問：「你的靈魂在哪裏？我的靈魂在哪裏？我們的靈魂在哪裏？衛斯理，你什麼都知道，求求你告訴我。」

他說到最後，雙手緊握着，手指和手指緊緊地扭在一起，扭得那麼用力，以致指節發白，而且發出「格格」的聲響。

照喬森這種情形看來，他實在想得到這個問題的答案，而且像是對這人類自從有了文明以來，就不斷有人思考的問題，立刻就希望獲得答案。

我不禁十分同情他。普通人情緒不穩定十分尋常。但是喬森，這種情形實在不應該發生在他的身上，如今既然發生，一定有極其重大的原因。

我迅速地轉着念，想先令他冷靜下來，他又在啞着聲叫道：「你是什麼都知道的人……」

我也必須大聲叫喊，才能令他聽到我。而且這種接近瘋狂的情緒會傳染，我自己也覺得漸漸有點不可克制起來。

我叫道：「我絕不是什麼都知道的人，世界上也沒有人什麼都知道。」

喬森的聲音更高，又伸手指着我：「你剛才提到了寶藏，我就像看到了你的靈魂。」

我真是啼笑皆非：「你才在問我的靈魂在什麼地方，又說看到了我的靈魂，既然看到了，又何必問我？」

這兩句話，我才一講出口，就非常後悔，因為我這兩句話有邏輯，因為，既然，何必，等等。而喬森這時，根本半瘋狂，和他去講道理，那有什麼用處？

果然，我的話才一出口，他就吼叫道：「你的靈魂，就在那些珍寶裏面，所謂寶藏，藏的不是其他，就是人的靈魂，我們的靈魂。」

我疾轉過身去，拿起酒瓶，對準瓶口，「咕嘟」喝了一大口酒。

酒有時能令人興奮，有時也會使人鎮定。我感到酒的暖流在身體之中流轉，我已經感到，從他自沙發上忽然跳起，倒並不是全部語無倫次，而有一定目的。不知道由於他的表達能力差，還是我的領悟力差，我沒法子弄得明白他究竟想表達什麼。

我轉回身，喬森又坐了下來，雙手捧着頭，身子微微發抖，看來正十分痛苦。

我向他走過去，手按在他的肩上，他立時又將手按在我的手背上，我道：「喬森，我不知道你究竟想表達些什麼，真的不明白。」

喬森呆了片刻，才抬起頭，向我望來，神情苦澀。他在不到十分鐘的時間之內，神情變化之大、之多，真是難以描述。

這時，他說：「算了，算我剛才什麼都沒有說過。對不起，我只是一時衝動。」

我皺着眉：「喬森，你在承受着什麼壓力？可不可以告訴我？」

喬森轉過頭去，不望向我：「你在胡說些什麼？誰會加壓力給我？」

我真是很生氣，冷笑一聲：「那麼，在我打電話給你的時候，誰在你的房間裏？」

喬森陡然震動了一下，但他真是一個傑出的情報人員，那一下震動，如此之短暫，不是我早留了意，根本看不出來。接着，他就打了一個哈哈：「什麼人在我房間？你這鬼靈精，你怎麼知道我在房間裏收留了一個女人？」

我替他感到悲哀，他以為自己承認風流，就可以將我騙過去，我本來不想太過問人家的事，如果這個人存心不告訴我。可是想用如此拙劣的手法來騙我，那可不成。

我立時冷笑了一聲：「你和那女人的對話，倒相當出眾。」接着，我就將在電話裏聽到的，喬森不是對我講的那句話，學了出來：「求求你，別再來麻煩我了，我沒有，真的沒有，我不知道……」

我學着他講話的腔調，自認學得十分像。自然也是由於學得像的緣故，所以他一聽就知道我在説些什麼，他的臉色變得煞白。

喬森發出了一下怒吼聲，瞪着我：「我不知道你有偷聽人講話的習慣。」

我直指着他：「你的腦筋怎麼亂成這樣子，我有什麼可能偷聽到你的講話？是你自己性太急，還沒有放下電話聽筒，就急不及待地對另一個人講話，我才聽到了那幾句。」

喬森將雙手掩着臉，過了一會才放下來，道：「我們別再討論這些事了好不好？」

我用十分誠懇的聲音道：「喬森，我們是朋友，我想幫你。」

喬森忽然笑了起來，充滿嘲弄，我明白他的意思是在說我大言不慚，我說要幫他，而他則認定根本沒有人可以幫得了！

我了解喬森這個人，要在他的口中問出他不願說的事情來，那是極困難的事。我大可以捨難求易，另外找尋途徑，去了解整個事實的真相。

所以，我攤了攤手，也不再表示什麼：「真對不起，耽擱了你的時間。」

喬森知道我在諷刺他，只是苦笑了一下，沒有再接下去，他站了起來。

喬森道：「但丁向你提及的寶藏，可能是真有的，他是鄂斯曼王朝的最後傳人，或許知道他祖上的一個秘密寶藏地點。」

我和他客客氣氣：「多謝你提醒我這一點，有適當的機會，我會向他道歉。」

喬森向外走去，到了門口，他又道：「給金特的請柬已經準備好了，要再麻煩你一次。」

想到要去見金特這個怪人，心中實在不是怎麼舒服，可是那既然是答應過的事，倒也不便反悔。

喬森打開門，走了出去，我看到門外走廊上的保安人員，在向他行禮。

喬森走了之後，我又將但丁的資料翻了一遍，沒有什麼新的發現。然後，我躺了下來，細細想着剛才喬森突然之際大失常態的那一段，回想着喬森所說過的每一個字，每一句話。

他所說的話不連貫，聽來毫無意義。乍一聽來，像是什麼道德學家在大聲疾呼，要重振世道人心。

他提到了人的靈魂，又說到了人的靈魂和鑽石珍寶的一些關係，不明白他想表達什麼，再加上逼問，哀求，想知道人的靈魂在哪裏。

我翻來覆去想着，除了「這是一個精神失常者講的一些莫名其妙的話」這個結論，想不出還有什麼別的可能。

我嘆了一聲，決定從明天起，要做一番工作，去查一查喬森的身上，究竟發生了什麼事。

第二天醒得相當遲，當我到樓下去進食之際，一個女職員拿了一個極精緻的大信封，來到我的面前：「衛先生，這是喬森先生吩咐交給你的，是給金特先生的一份請柬。」

我點了點頭，順口問：「喬森先生呢？」

女職員道：「我沒有看到他。」

到了金特所住的那棟大廈，兩個司閽一看到我，極其恭敬，瞎七搭八講了很多應酬話，我也不去理會他們。

司閽在我一進電梯就通知了金特，所以，我一走出電梯，居然看到這位神秘的、不愛講話的金特先生，當門而立，向我作了一個手勢，邀請我去。我跟着他走進去，將請柬交給他。

我沒有和金特寒暄説話的準備，已經轉身過去。可是出乎意料之外，金特居然叫住了我。叫住一個人，最簡單的叫法，應該是「等一等」，可是他只說了一個字：「等。」

我站在電梯門口，並不轉回身，等他再開口。金特卻沒有再出聲，我等了片刻，電梯門打開，他既然不出聲，我也沒有必要再等下去，所以電梯門一打開，就向前跨出了一步。就在這時候，金特才又算是開了金口，這一次，他總算講了兩個字：「請等。」

我轉過身來，望着他，一字一頓：「如果你有什麼話要對我講，你必須以正常人的方式和我講話。像你這種講話方式，我實在受不了，也無法和你作正常的交談。」

金特皺着眉，我提出是最起碼的要求，可是從他的神情看來，卻像那是最難做到的事，他倒真是在認真考慮，而且考慮了好幾分鐘之久，才嘆了一聲：「不愛講話，是我的習慣，因為我認為人與人之間，重要的是思想交流。」

他講了這幾句話之後，又頓了一頓，才又道：「語言交流可以作偽，思想交流不能。」

我道：「我同意你的說法，可是恕我愚魯，我沒有法子和你作思想交流。」

金特又望了我半天，一副無可奈何的神情：「是的，你很出色，但是思想交流，不行。」

我可以承認自己一點也不出色，可是他講話的這種神情語氣，我實在受不了，冷笑道：「請舉出一個例子來：誰能和你作思想交流？」

金特像是想不到我會這樣問他一樣，睜大了眼望着我，過了一會，才搖着頭：「沒有。」

我不肯放過他：「沒有人？這是什麼意思？如果沒有人可以和你作思想交流，那就等於說，根本就沒有思想交流這回事。」

金特聽得我這樣說，只是淡然笑了一下，並不和我爭辯。我也故意笑了起來：「對，普索利爵士第一次介紹我和你認識之際，曾提及你的專長，或許，你指的思想交流，和靈魂一起進行，哈哈。」

我自以為說了一些他無法反駁的幽默話，但是金特卻仍然是淡然一笑，一點也不想和我爭辯。我倒也拿他沒有辦法，只好問：「你叫住了我，有什麼事？」

金特想了一想，才道：「告訴喬森，我要請柬，受人所託，那個——人對我說，他曾見過喬森，選擇了他做——對象，想——尋找搜索——唉，算了，我很久沒有講那麼多話了，有點詞不達意。」

金特非但講得詞不達意，而且斷斷續續，我要十分用心，才能將他講的話聽完，可是聽完之後，一點不明白他講什麼。

我還在等他講下去，可是他卻揮着手，表示他的話已經講完了。

那時，我真不知道應該生氣還是笑，心裏想：這究竟是怎麼一回事？喬森和金特的話，都是那麼怪，那麼無法理解？

（後來，我才知道喬森和金特兩個人所講的根本是同一件事。這件事，的確不容易理解，難怪我一點也聽不懂。）

我又問道：「沒有別的話了？」

金特再想了一想：「喬森很受困擾……」

他講到這裏，我就陡然一震，金特怎麼知道喬森很受困擾？

喬森這兩天的情形，用「精神受到困擾」來形容，再恰當也沒有。而且，我也正試圖要找出他為什麼會這樣的原因。所以，我忙道：「你知道他為什麼會這樣子？」

金特皺着眉：「他受一個問題的困擾，這個問題，唉，他回答不出，你可以對他說……」

他講到這裏，停了片刻，才又道：「你可以提議他，用『天國號』事件，作為回答。」

一聽得金特這樣講，我心中的疑惑，真是至於極點。

一時之間，我盯着金特，一句話也講不出來。

我可以肯定，喬森對金特並不是十分了解。可是這時，聽金特的話，他對喬森，卻極其了解。他知道喬森近來精神受到困擾，那還不算是稀奇，可是連「天國號」的事情他也知道，那就有點不可思議。

所謂「天國號」事件，我在前面已經提及過，那是喬森在當「沉船資料搜集員」期間的事。我聽喬森提起過這件事之後，根本無法證實實際上曾經有過這樣的一艘日本軍艦。

金特看到我望着他不說話，又再次作了一個手勢，表示他沒有話說了。

我呆了片刻：「你對喬森的了解，倒相當深。」

金特只是攤了攤手，我又道：「連『天國號』的事，你也知道？」

金特總算有了回答：「我也不很詳細，是……人家告訴我的。」

我還想問下去，金特已經下了逐客令：「對不起，我還有點事，不能陪你閒談了。」

我不禁叫了起來：「不是閒談！喬森的精神受到困擾，極度不安，有時還會突然之間，接近瘋狂，我是他的朋友，我要找出原因來。」

金特不耐煩地說：「問他。」

我怒道：「他不肯說。」

金特嘆了一聲：「他可以說，一定說了。他不能說，我也不能說。」

我真想伸出手去，一把抓住他胸前的衣服，把他拉過來，重重打他一個耳光。這傢伙，他不說他不知道，而說他不能說。

這就是說，他知道喬森精神受困擾的原因，可是不告訴我！我悶哼一聲，掉頭就走。悶了一肚子的氣，回到酒店，就衝進了喬森的辦公室。

喬森正在忙着，和幾個人在爭辯着什麼，我一進去，就對那幾個人大聲呼喝：「出去，我和喬森有話要說。」講完之後，我就用力向其中的一個人，推了一下，那人被我推得踉蹌跌出了三步。

其餘的人一看到我來勢洶洶，一時之間，也吃不準我是什麼來路，忙不迭地退了出去。

喬森對我的行為不以為然：「衛，你發什麼瘋？」

我冷冷地道：「一個人只有在忍無可忍的情形下，才會這樣。」

喬森皺着眉，我又道：「我見到了金特，他又向我說了一些語無倫次的話，他說你正受着一個問題的困擾，無法回答。」

喬森陡然一震，神情看來有點失魂落魄，喃喃自語：「他怎麼知道，他怎麼知道。」

我來到他的面前：「他不單知道，而且還告訴了我一個你可以答覆這個問題的方法。」

喬森更大受震動，雙眼惘然：「能夠回答？怎麼回答？回答有？在哪裏？回答沒有？怎麼會沒有？」

我真是聽得呆住了。喬森自問自答，提供了他受到困擾的那個問題究竟是什麼！

問題問他「是不是有着什麼東西」。

可是我不明白有什麼難回答，有就有，沒有就沒有。

我一面想着，一面忍不住問他道：「那麼，究竟有還是沒有？」

喬森神情惘然之極。

他望着我，其實他根本看不到我，原因是他的思緒，正深深受着這個問題的困擾。他仍然在自言自語：「連你也這樣來問我，你也……」

他沒有講出第二遍來，門陡然打開，一個一望而知是大亨型的人物，怒氣沖沖走了進來：「喬森，你究竟在幹什麼？這是工作時間。」

這個人這樣講，我立時可以知道兩件事：一件是這個人可能是喬森的上司——我在一分鐘之後，就證實了這一點。

這個人是喬森工作的那個大保險聯盟的董事會主席，是世界著名的保險業巨子。第二件事，我可以肯定，這個大亨型的人要倒霉了，喬森絕不會容忍任何人用這樣的態度來對他說話。

果然，那人的話一出口，喬森的神情，就回復了常態，他先是冷冷地盯着那個大亨，盯得那大亨認為自己的臉上，爬滿了毛毛蟲。然後，他道：「對，工作時間不應該談私人的事。」

那大亨還有餘怒：「當然是。」

我已經忍不住「哈哈」笑了起來，喬森在我發出笑聲的同時：「那就算現在不是我的工作時間好了，主席先生，再見。」

他說着，就向外走了出去，我立時跟了出去，因為這是我早已料到的結果，所以，我和喬森幾乎是同時走出去的。那大亨僵在那裏，一時之間不知怎樣才好，我在他身邊經過的時候，我看到他半禿的腦袋上，已經隱隱有汗珠在冒出來。

走出了辦公室，我推了喬森一下：「真不好意思，累你失掉了工作。」

喬森道：「見他媽的鬼工作，衛，你也不能在這酒店住下去了，快搬走吧，我去處理一些事，就會來找你。」

喬森這時候，才算是我認識的喬森，我們一起哈哈大笑，身邊的人都莫名其妙望着我們。

喬森說不幹就不幹，這真是痛快之極，他吩咐我搬出去，我當然從命，我拍了拍他的肩道：「如果你所受的那種困擾，是由工作而來……」

喬森不等我講完，就道：「絕不是。」

我道：「那好，金特說，你可以用『天國號』的事，來作回答。」

喬森呆了一呆，搖着頭：「行嗎？」

我有點啼笑皆非：「我根本不知道你的問題是什麼，怎麼知道行不行？」

喬森道：「對，我會和你詳細說……」他說了這一句，就對兩個站在他面前的工作人員叫道：「我已經不幹了，有什麼問題，請在工作時間中的董事會主席自己去解決。」

那兩個工作人員本來大概是有什麼事要向他請示的，給他這樣吼叫了一下，嚇得不知怎樣才好。他又轉過頭來向我道：「你等我，我會向你詳說一切經過。」

他説着，就匆匆向前，走了出去。這時，走廊中來往的人相當多，等他走了開去之後，我才陡地想起一件事來，他叫我搬出這家酒店，他不再為這個珠寶展覽工作，我再住下去，自然無趣。可是，搬離了這家酒店之後，住到什麼地方去，連我自己也不知道，他又怎麼和我聯絡？

一想到那一點，我立時叫道：「喬森，喬森。」

當我這樣叫的時候，他正轉過走廊，並沒有轉過身來。我忙向前奔去，當我轉了彎，不見喬森。那裏有好幾個出口，我正想找人問，看到了但丁・鄂斯曼帶着一副傲然的神情，迎面走來。

他一看到了我，立時十分憤怒。這是一個我向他表示歉意的好機會。我現出友好的笑容，向他迎了上去：「請問，有沒有看到喬森？」

但丁悶哼了一聲：「沒有。」

看來他有點不怎麼想理我，但是我卻看出，他其實很想和我講話。我忙道：「由於一點意外，我會搬出這家酒店，你有什麼好的酒店可以推薦？」

我知道豪華享受是他的特長，所以我才這樣問他。果然，他的神情好看多了，立時背出了一連串一流酒店的名字，然後肯定了其中的一家：「我建議你住這一家，經理是我的好朋友，要是他回答你沒有空房間，你提我的名字。」

我道：「謝謝你，如果你有事情，可以到那裏來找我。」

但丁的自尊性相當強，他立時道：「我不會有什麼事找你。」

可是他在這樣說了之後，樣子又有點後悔，欲語又止，我笑着，向他眨着眼，指着他腰際的皮帶：「如果你不怕我將你身上所帶的珠寶搶走，你就應該有勇氣來見我。」

但丁一副又好氣又好笑的神情：「你這……」他本來不知道想罵我什麼，後來大概是怕得罪我，所以陡地住了口，隨即道：「這些，實在算不了什麼，據我的祖母說，我們家族的珍寶，是世界之最。」

我道：「關於這一點，我沒有疑問，鄂斯曼王朝統治歐亞兩洲大片土地達七百年之久。」

但丁高興了起來，主動伸出手來和我相握：「我會來找你，和你詳談。」

我忙道：「歡迎，歡迎。如果你見到喬森，請告訴他我住在你推薦的那家酒店。」

但丁聽得我這樣說，略皺了皺眉：「衛，話說在前頭，我要對你說的一切，不想有任何第三者參與。」

我立時道：「那當然，我不會廣作宣傳。」

但丁的樣子很高興，和剛才充滿敵意，大不相同。我和他分了手，去找喬森，問了幾個人，都說沒見到他，只好放棄了。

我雖然沒能告知喬森我將搬到哪裏去，但是我一點也不擔心，因為我素知喬森的能力，紐約雖大，我深信就算我躲在一條小巷子中，他也一樣可以找到我的。

我回到大堂，向酒店經理表示我要遷出。經理先是大為錯愕，接着卻高興莫名，立時轉頭吩咐一個職員：「快去通知哈遜親王，我們有一間一流套房，請他搬進來。」

我回到房中，收拾行李離開，搬進了但丁所推薦的那家酒店。

我知道很快就會有很多事做。第一，喬森會把他為什麼受到困擾的經過告訴我。我感到事情極其神秘，連喬森這樣出色，都會如此失常，可知事情絕不單純。

其次，但丁還會來向我提及他的那個「寶藏」，這至少是一件有趣的事。

略為休息一下之後，我離開酒店，到處逛逛，離開時吩咐了酒店，如果有人來找我，請他稍等，有電話來的話，記下打電話者的姓名和聯絡地址。

我逛了大約一小時，就回到了酒店，才回房間，就有人敲門，一個侍應生，用一隻純銀的盤子，托着一張紙條：「先生，你的信。」

我心中想，喬森果然了不起，一下子就查到我住在什麼地方了。可是當我向那張紙看去時，我不禁呆了一呆，紙摺成四方形，上面有我的英文名字，但也有幾個漢字：衛斯理先生啟。

這不是喬森給我的信，難道是但丁給的？我知道但丁會好幾國語言，但是我不認為他會寫這樣端正的漢字。

我拿起了那張紙，發了一會怔，才給了小帳，打開那張紙，更出乎意料之外，那是一封短信，而竟然是用日文寫的：

「衛先生，喬森先生吩咐我先來見你，我來的時候，適逢閣下外出，我會在一小時之後再來。青木歸一謹上。」

我心裏十分納罕。喬森果然已經知道我住到這家酒店，可是他為什麼自己不來，卻派了一個日本人來？這個叫青木歸一的日本人，又是何方神聖？喬森行事有點神出鬼沒。

大約過了不到半小時，敲門聲傳來，一個身材矮小的日本人站在門口。他看來已有將近六十歲。頭髮亂，雙手搓弄着一頂舊帽子，上身穿着一件破舊的，有着好幾個洞的藍色舊毛衣，褲子皺得像麻花。最惹眼的是他赤着腳，拖着一雙舊皮鞋改成的拖鞋。

那日本人的衣著雖然破爛，但是氣度倒還可稱軒昂；他一看到了我，就鞠躬，行禮：「衛先生？我就是青木歸一。」

我也忙鞠躬還禮，我雖然不知道他的身分，但喬森要他來見我，一定有重大的原因。

第五部

「天國號」上不可思議的事

青木進來之後，神態有點拘束，我道：「請坐，青木先生是……」

青木的身子挺直：「日本海軍中尉。」

我有點覺得好笑，那個軍銜，當然是他在第二次世界大戰時的事。他看到我對他身分，沒有什麼反應，又道：「我最後的職位，是『天國號』通訊室主任。」

我呆了一呆，「天國號」！我對「天國號」這個名字並不陌生，但我也曾對這艘所謂日本最大的軍艦作過調查：這艘軍艦根本不存在。

青木歸一曾在這艘軍艦上服役，似乎可以證明這艘軍艦存在？

即使這艘軍艦在極度的秘密之下存在，據喬森說，「天國號」上全體官兵，在知道了日本戰敗，無條件投降之後，已經全部因為主動沉艦而死亡，如何還會有一個生存者？

我十分疑惑，「嗯嗯」地答應着，青木伸手在他那件殘舊的毛衣內，取出了一個膠袋，再從膠袋之中，取出了一份證件，鄭而重之地交了給我。

證件打開，有他的照片，看起來極年輕，輪廓依稀，名字和軍銜、職位，也正如他所說。

這份證件極特別：在封底上註明：凡持有本證件之人員，必須明白本證件絕對機密，即使明知對方也持有同類證件，也決不能在他面前展示。持有本證件人員，必須嚴格遵守，若有違法，嚴厲懲處。

我看着這幾行說明，青木現出了一絲苦澀的笑容：「那是當時的事，現在，連軍法都不存在了，當然不會……有什麼懲處了。」

青木不解釋倒還好，他這樣一解釋，我倒有點吃驚。因為事情已經相隔超過了三十年，青木仍然有犯罪感。可知當時的告誡，何等嚴厲。

我為了尊重對方，把證件雙手還了給他，他又鄭而重之收起，我道：「這艘『天國號』，好像十分神秘，世上沒有多少人知道它的存在。」

青木道：「是的，它在建造的時候，已經嚴守秘密，在各地船廠造了零件，又運到琉球群島的一個小島上去裝配，當時除了主持其事的幾個海軍將領，誰也不知道有這樣一艘超級軍艦在建造。等到軍艦建成，調到艦上服役的，全是最優秀的海軍官兵，我們的艦長，是山本五十六大將……」

我一直在用心聽着青木的敘述，可是聽到他這一句話，就忍不住臉上變色：「青木先生，請你講事實，我不要聽神話。」

青木霍然站直了身子，看他的樣子，是盡量在抑制着激動，維持禮貌。以一種相當宏亮的聲音道：「衛先生，我在世界上只有一個朋友：喬森先生。喬森先生對我說，要我對你講出事實來，我現在講的是事實，不是神話。」

他的態度是如此嚴肅，倒使我感到有點不好意思：「對不起，我剛才沒有聽錯？你說的『天國號』的指揮官，是山本五十六大將？」

青木用極恭敬的語調大聲答道：「是。」

我真是又好氣又好笑，剛才我其實已經聽得很明白，山本五十六這個名字，在日語的發音上有點古怪，其中「五十」，和作為數字的「五十」發音不同，另外有一個讀法，不可能聽錯。

我也用認真的語氣道：「青木先生，世界上人人都知道，山本大將，死在他的座駕機上，他駕機被擊落，還能當什麼指揮官？」

青木壓低了聲音：「這是一個大秘密，衛先生，當我們獲知指揮官是山本大將時，我們也不能置信，當我們看到大將時才知道這個秘密。」

我不明白他說的「秘密」是什麼，瞪着眼看他，青木道：「所謂山本上將座駕機被擊落的經過，你知道？」

我「嗯」地一聲，點了點頭。當年日本海軍上將山本五十六的座駕機，由於密碼被盟軍情報人員截獲，盟軍飛機，在太平洋上空，進行截擊，將座駕機擊落，日本方面，也正式宣布了他的死亡。簡單的經過，就是這樣，難道……我正在疑惑着，青木已經道：「一切經過，全是刻意安排的。故意泄露密碼，讓美軍以為大將在那架飛機上，使美軍將那架飛機擊落，然後，大本營方面，就宣布大將死亡，而實際上，山本大將就是『天國號』計劃的主持人。」

青木的這一番話，將我聽得目瞪口呆。山本五十六的死，盟軍方面，有把他座駕機擊落的紀錄片，可是紀錄片所記錄的，只不過是飛機中彈後散成碎片的鏡頭。或是山本五十六根本不在那架飛機上？

而事實上，山本五十六的屍體，一直沒有被發現。一般人都相信飛機在高空中被擊成碎片之後，機內人員的屍體，絕不可能再保持完整，當然找不到。但這也是山本用來掩飾他死亡的最好辦法。

青木一直望着我，過了一會，才道：「事情很難令人相信，而且知道的人極少，到現在為止，只有我可以絕對肯定這件事是事實。」

我吸了一口氣，我本來就可以接受任何不可思議的事，而且，青木所說的，也不算是荒謬透頂。假定在大戰後期，日本海軍有這樣一個秘密的計劃，玩了這樣的把戲，也不算特別不可想像。

假定青木所說的是事實，他剛才所講的最後一句話，我卻還有不明白之處，所以我問道：「怎麼會只有你一個人知道？當年『天國號』上，據說有接近兩千名官兵，他們……」

青木的神情，古怪而難以形容，像是疑惑，也像是恐懼。

我忙道：「對不起，聽說，『天國號』上全體官兵，都自殺了？」

青木喃喃地道：「可以這麼說，不過……不過當年發生在『天國號』上的事，實在很怪，怪到了不可思議的程度，真是……怪極了。」

青木在這樣說的時候，疑惑和驚恐交集的神情更甚。我對於「不可思議」、「實在很怪」的事，一直有莫大的興趣，尤其「天國號」充滿了神秘，再加上有山本五十六大將這一段戲劇化的事做引子，我相信發生在「天國號」上的事，一定極其有趣。

但是我也想到，我身上懸而未決的事夠多了，有喬森的事，有但丁的事，是不是還需要節外生枝，加上青木的事呢？

我遲疑了一下，決定放棄。

（我這時，當然不知道青木的故事，和整件事有關聯的，甚至於是整件事的關鍵。就像我這時，也不知道但丁的事和喬森的事有關聯。）

我用很委婉的語氣道：「青木先生，我對於你所説的事，有極度的興趣。可是最近我很忙，恐怕沒有餘暇去兼顧，所以……」

青木陡然瞪大了眼：「你不想聽我叙述當年的事？」

我十分不好意思地笑了一下，點了點頭。

青木現出不知所措的神情來，而且帶着點惱怒：「這……是什麼意思，喬森先生沒有對你説過？」

我攤了攤手：「説過什麼？你來看我，我事先一點也不知道。」青木顯得極其懊喪：「可是……可是喬森説，他要我先把當年在『天國號』上發生的事情告訴你，他還要我愈詳細愈好。」

我知道喬森不會做沒有作用的事，所以問道：「他沒有説是為了什麼？」

青木道：「沒有，他只是説，要我把一切經過告訴你，因為由我來說，細節比較詳盡，由他來轉述，或許會有錯漏。」

我「哦」地一聲。喬森要青木來對我講這件事，一定有極其重大的作用。

我倒了一杯酒給他，他一口喝乾。我再倒了一杯給他：「對不起，我一定會仔細聽你的敘述。」

青木又將杯中的酒，一口喝乾：「我會講得十分詳細，但是請你不要發問。因為其中有一些事，我只是把事實的經過講出來，究竟為什麼會發生這樣的事，我完全不知道。多少年來，我怎麼想，也想不明白。不單是我，我曾和喬森先生共同研究過，也一樣不明白。」

我道：「好的，請你說。」

於是，當年「天國號」上的海軍中尉，負責電訊室工作的青木歸一，就講出了那件不可思議的事。

他講得極詳細，也花了很久的時間，在他開始講述的時候，還不到中午。到了將近下午兩點的時候，我曾打斷了他的話頭，問他要不要吃點東西。

青木搖着頭說不要，我也沒有堅持。因為他所說的事，將我帶入了一個極其迷離的境界之中，使我一點也不覺得飢餓。

等到他講完，已經是傍晚時分，在他的聲音靜下來之後，我們兩人好久不出聲，天色已黑，我也不去開燈，由得房間中的光線愈來愈暗，我們兩個人，就像是在黑暗中靜止的幽靈。

以下，就是青木歸一所講的事。由於這件事，才產生了整個故事，所以我必須詳細記載，將時間拉到三十多年前，暫時拋開珠寶展覽會，喬森、金特和但丁．鄂斯曼等人。

青木中尉坐在電訊室的控制台前，注視着有各種各樣刻度的儀表，全神貫注，絲毫不懈。

電訊室中還有三個工作人員，四個年輕軍官的軍銜，全是中尉，可是上級卻指定他作為電訊室的負責人，這使得青木中尉分外感到驕傲，也特別感到責任重大。

青木幾乎每天在進入電訊室之前，都將上級把這個責任交給他時的訓話，重複一遍。他記得很清楚，那天，他進入了司令官室，那是整艘軍艦中最神聖的地方，全艦官兵，不論軍階多高，即使在經過距離司令官室還有二十公尺處，都會肅然起敬，因為他們都知道，在司令官室中的他們的司令官，是一位了不起的軍人，是一位世界上每一個人都以為他已經死了的偉大軍人。

青木在司令官室的門上敲了門，就筆挺地站着。在來之前，他已經仔細檢查過他身上的制服，沒有絲毫不符合規定。

他站了沒有多久，就聽到一個很莊嚴的聲音道：「請進來。」

青木中尉推開門，首先看到的就是山本司令，山本司令的目光向他射來，他挺胸而立，大聲道：「海軍中尉青木歸一。」

山本司令打量了他約有半分鐘，就向身邊其他幾個高級軍官點了點頭：「好，很好，我初加入海軍的時候，年紀比他還輕……」

山本司令又講了些什麼，青木完全沒有聽進去，他只聽到山本司令在誇獎他，這令得他的心情激奮到了沸點。一個高級軍官向他做了一個手勢，令他走前幾步：「青木中尉，現在，委派你負責電訊室的工作，其餘軍官，在職務上，歸你指揮。」

青木大聲答應着，身子仍然筆挺。那高級軍官又道：「電訊室工作，極其重要，可以說是軍艦的五官，尤其是『天國號』的存在，幾乎不為世人所知，但是我們卻要知道世上發生的一切。我們必須通過電訊室來聽、說、聞，青木中尉，希望你盡力。」

青木大聲答應着，在高級軍官的示意下，立正敬禮，然後告退。

從那天起，青木中尉幾乎一天二十四小時，都在電訊室中，他的工作表現，令上級感到很滿意，幾次提出來表揚。可是，卻令他自己感到極度的沮喪。

「天國號」在太平洋中遊蕩，並沒有參加實際戰役。「天國號」的官兵，不管他們是不是真正明白，都知道這艘軍艦所擔負的任務，並不是戰鬥，而是替帝國的復興作準備。那也就是說，帝國這一次的失敗，已經不可挽回，他們要將「天國號」保留下來，等待復興。

「天國號」將來的任務如何，官兵也不擔心，那是高級將領的事。大戰的進展過程如何，普通官兵也無由得知，因為自從軍艦秘密自琉球群島的久未島啟航之後，就消失在浩淼無涯的海洋中，幾乎沒有人知道它的存在。艦上的官兵，和外界隔絕。

青木不同，他負責電訊室工作，是「天國號」和外界的唯一聯絡。

每天，他收到的電訊，送到上級的辦公桌上的報告，他都要先過目。幾乎沒有一件是好消息，太平洋戰爭，日本節節失利，盟軍逐步反攻，每天都有日軍「放棄」太平洋中島嶼的電訊傳來。

青木中尉有時沮喪得雙手緊抱着頭，不知該如何對自己解釋，神聖的太平洋之戰，如何會落得這樣的一個下場？

問題在他腦際縈迴的次數，也愈來愈多：一旦日本勢力，被逐出整個太平洋，一艘軍艦，能起什麼作用？到那時候，「天國號」將如同孤魂野鬼，在浩淼的海洋上遊蕩。遊蕩到哪一年？哪一天？

海洋極其遼闊，一艘軍艦再大，和海洋相比，也顯得微不足道。但是，總有被發現的一天吧?到那時候,又怎麼樣?

青木雖然想到這些問題,但是絕對不能和任何人討論。電訊室中四個人,都默默工作着。

情形愈來愈壞。

最壞的兩天是電訊傳來了原子彈落在廣島和長崎,青木將報告送上去,高級將領正在開會,他聽得山本司令用一種幾乎絕望的聲音問道:「原子彈?原子彈是什麼東西?」

青木也不知道原子彈是什麼東西,山本司令的那種聲音,令他心碎。他心目中的偶像,應該是勝利象徵,竟然發出了這樣絕望的聲音。

當青木回到電訊室之後,他用雙手抱住了頭,感到了絕望。他所想到的只有兩個字:「完了。」

就在這時候,電訊又發出了聲響,青木抬起頭來,拋開了心中的念頭,將訊號記下。青木太熟悉他的工作,各種各樣的密碼,他都可以隨手翻譯。可是這時候，他卻呆住了。

他記下的訊號，看來完全沒有意義。青木立刻又檢查了一下，更是吃驚，訊號使用了一個極度機密的調頻發出。

這個調頻的來源是什麼機構，連青木也不知道。上級曾經吩咐過：有這個調頻的訊號傳來，立刻送上。

這是第一次收到來自這個調頻的訊號。

青木想到：這是超級密碼，只有長官才知道。一般來説，軍事機構內，電訊工作人員，都值得信任，但是為了預防萬一，也有的密碼，只有長官才知道。

青木記錄那些訊號，心中十分緊張，他知道那一定是極其重要的一個消息。

他接收這種訊息，才告一段落，電訊室中其餘兩個軍官，突然發出了一下慘叫聲，青木轉過身去，那兩個人額上冒着豆大的汗珠，面色灰敗，身子在發抖，雙手緊握着拳，在他們的面前，是電訊紙。

那兩人發出慘叫聲：「天皇宣布無條件投降了。」

青木陡地震動，搶向前去，看着電訊，剎那之間，在他的額上，也冒出汗來，喉際發出怪異的聲響，天旋地轉，但是他很快就恢復了鎮定，用一種聽來極其嘶啞的聲音道：「請注意，電訊員不能私下討論電訊內容。」

那兩個人瞪着青木，像是一時之間，不知道青木在講些什麼，接着，兩個人忽然狂笑。看到他們的精神狀態是如此失常，青木陡然揚起了手，在他們的臉上重重掌摑着。

然後，青木又和他們擁在一起失聲痛哭。

日本天皇宣布向盟軍無條件投降，這個消息，對日本人打擊之大，無以復加。青木自他的同僚手中接過電訊稿來，他是電訊室的負責人，他覺得這個如同雷劈一樣的消息，應該由他送到長官那裏去。

由於這個消息實在太使人震驚，所以青木一時之間，忘記了他自己收到的那個他所看不懂的密碼電訊，將之留在他的桌上。

青木拿着電訊稿，不斷抹着一直在湧出來的眼淚，腳步踉蹌，不顧一路上遇到的官兵向他投以奇訝的眼光，一直來到了司令官室前，大聲叫了報告，得到了回答，推門進去。

青木才一推開門，就發現司令官室內，幾乎集中了艦上所有的高級官員。那些將軍和佐官，挺直着身子，坐在一張長方形的桌子之旁，個個神情肅穆，像是早已料到了會有極嚴重的事情發生。

青木盡量使自己維持着軍人應有的步伐，向前走着，直來到山本司令官的面前，雙手將電訊稿送了上去，然後退了一步，筆挺地站立着。

他注意到，山本司令官在看着電訊稿的時候，雙手在微微發着抖。也許是他不想自己在眾多軍官面前太失態，所以他立時將雙手用力地按在桌面上。然後，他才低着頭，用一種十分嘶啞的聲音道：「各位，請記得今天這個日子，八月十日。日本天皇陛下向盟軍宣布無條件投降。」

山本本來是挺直身子坐着的，當他講完這句話之後，忍不住身子伏向桌上。

作為一個通訊室的負責人，青木中尉送達了通訊稿，應該立即退出司令官室的，但是由於他心靈上所受到的震動，實在太甚，所以他站着沒有離開。

而當山本司令宣布了電訊的內容後，先是一陣靜寂，靜到了一點聲音也沒有，接着，便是一下嚎叫聲，一個穿着少將制服的將軍，突然站起。

青木認得他是脾氣出名暴烈的作戰參謀長。他一站起，又發出了一下呼叫聲，陡然轉身，向司令官室的門口走去。

山本司令官在這時候，陡然直起身來，大聲呼喝：「等一等！」

可是那位少將，已經來到了司令官室的門口，身子挺得筆直，拔出佩槍來，對準了自己的太陽穴，扳動了槍機，身子緩緩倒了下去。

槍聲令得司令官室中所有的人全站起，山本司令官面肉抽搐，聲音嘶啞，神情激動，陡然之間，破口大罵了起來：「蠢材！這早已預料得到。我們預料了帝國的滅亡，所以才建造了這艘可以長期在海上生存的艦隻，我們懷有復興帝國的任務，一定要堅持下去！」

山本司令官愈說愈是激昂，可是在一旁的青木，卻看到他雙腿在劇烈發抖，而且，在他顫動的面肉上，淚珠隨面肉的抖動而散開。

就在這時候，青木中尉陡然衝動了起來，做了一件他千不該做萬不該做的事。或者說，做了一件使他和全艦官兵有了不同命運的事。

青木全然未曾經過任何思考，在衝動之下那樣做的。他會有這樣的衝動，是由於他在電訊室工作，知道更多的戰況，知道日軍的失敗全然無可挽回。

他當時，陡然之間，大聲道：「司令，你相信你自己所說的話？憑一艘軍艦，能夠復興帝國？」

青木的口齒，並不是怎麼伶俐，但這時那兩句話卻說得清晰無比。

他的話才一出口，就知道自己闖了大禍。山本司令官猛地一震，像是遭到了雷殛，一動不動，然後，慢慢轉過身來，面對着他。

當山本司令官轉過身來之際，青木中尉害怕到了極點，他心中只在想：當司令官望向我的時候，我一定會支持不住。

可是，當山本司令官面向他，望着他，青木中尉還是筆直挺着，而且，直視着山本司令官，因為他看到山本司令官的神情，比他更害怕。

山本司令官的雙眼之中，充滿了恐懼。那種恐懼是經過了竭力掩飾之後的結果。正因為經過掩飾，所以更可以使人看出他內心真正的恐懼如何之甚。

山本司令官雖然流露出極度的恐懼，動作還是極快，他陡地取了佩用的手槍在手，舉了起來，直指着青木。

山本司令官由於早期受過傷，喪失了半截手指，所以在習慣上一直戴着白手套。青木在那一霎間，只覺得山本司令官的手套，閃動着一片奪目的白。他的腦中也變得一片空白，他甚至未曾想到自己會死在司令官的槍下。他知道，剛才對司令官的這樣不敬，在這種非常時期，司令官絕對有權開槍將他打死。

但是也就在那一霎間，他卻想起了那則神秘的電訊，就在槍口之下，他陡地大聲道：「報告司令官，從絕密的電台調頻，有一則電訊！」

他在這樣叫的時候，視線已經模糊，看不到司令官的反應。

過了半分鐘，發現自己仍然站立着，這才知道山本司令官並沒有開槍。然後，他再定了定神，發覺司令官的手慢慢垂了下來，厲聲道：「為什麼不拿來？訓令說，來自這個調頻的電訊，要以最快的時間送給長官過目！」

青木並沒有解釋，只是大聲答應着，立時返身奔了出去。

他跨過那個自殺了的少將的屍體，直奔向電訊室。他感到一股難以形容的死氣，籠罩着整個艦隻，所見到的官兵，都大失常態，不是呆若木雞，就是像瘋子一樣，團團亂轉，在快到電訊室之前，他還看到兩個佐級軍官，正狠狠地在打着對方的耳光，臉早就紅腫了，可是他們還是一下又一下地打。

青木進了電訊室，他的兩個同僚，倒在椅子上，血流披面，已經死了，看來是自殺的。青木也早已麻木。他知道，消息一定已經傳出，所以艦上的官兵，才會有那麼反常的行動。

青木取過了那份他所看不懂的密碼通訊稿，又奔回司令官室。

他一來一去，大約花了五分鐘的時間。他發現所有的人，包括山本司令官員在內，都在他們原來的位置上，甚至連姿勢都沒有變動過。那也就是說，在這五分鐘之內，所有的高級軍官，也因為極度的震驚，而變得像是木頭人。

青木也顧不得禮節了，他來到山本司令官前，甚至沒有立正，就將電訊稿交了給他。山本司令官接過了稿來，迅速地看着，口唇抖動，沒有出聲。從他的動作，青木可以肯定，他完全看得懂這份電訊的內容。那果然是高級軍官才看得懂的密碼，可能看得懂這種密碼的，只有山本司令官一個人。

山本司令官看電訊的時間極短。但在那短短的數十秒之間，他的神情卻發生了許多變化，先是驚訝，惱怒，接，變成了一種無可奈何的悲傷，然後，當他看完之後，他抬頭向天，神情變得極度的茫然。

這種茫然的神情，並沒有維持了多久，他又低下頭來，看了那份電訊一眼。然後道：「各位，這是一則秘密命令，命令是要我們……不，是請求我們……請求我們全體……」

他接連重複了好幾次，無法繼續念下去，然後，他陡地一偏頭，看到了站在一旁的青木。當他一看到青木的時候，他吼叫了起來：「你還站在這裏幹什麼？向憲兵組去報到，在單獨禁閉室中，等候發落。」

青木答應了一聲，轉身走了出去。

他走向憲兵組，發現艦隻上的情形更加反常，碰到的人，全都臉如死灰，顯然，無條件投降的消息，已經傳遍了全艦。

他來到了憲兵組，說明來意，憲兵組長只是隨便指着一個櫃子：「鑰匙在這裏，你自己開門，進禁閉室去吧。」

青木苦笑，他自己取鑰匙，走向禁閉室，打開了門，進去，將門關上，在小小的禁閉室的角落，雙手捧着頭，慢慢地蹲了下來。

這裏，值得注意，必須說明的是，艦上的禁閉室，面積十分小，空無一物。禁閉室的門，本來要在外面上鎖。但由於青木自己進來，根本沒有人在門外再將門鎖上。所以青木雖然在禁閉室中，他隨時可以走出去。

不過，他是經過嚴格訓練的軍官，司令官親自下令要他在禁閉室中等候發落，若不是有非常事故，他不會走出去。

他心中所想到的只是一點，這也是艦上的官兵每一個人都在想的事：他們完了。日軍戰敗了，亡國了，什麼都沒有了，一艘軍艦設備再好，鬥志再強，也絕對不能使歷史改寫。

青木蹲了不知道多久，才聽到了一陣「嗚嗚」聲響，那是最緊急的全體官兵集合令，艦上的人，一聽到這緊急集合令，都會跳起來，奔到甲板上去，青木也不例外，他立時站起，向外奔去。他才奔出一步，就幾乎直撞在門上，他也想起自己在禁閉室中，可以不必參加緊急集合。

他呆呆地站在門後，聽到許多雜沓的腳步聲在門外傳來，由急急去甲板集合的官兵所發出。

嗚嗚的響號聲持續了五分鐘，比平時實習的時候長了一倍，可知秩序有點混亂。等到響號聲停了下來之後，青木只覺得異乎尋常的沉寂。然後，又過了大約一分鐘，才聽到了山本司令官的聲音。

聲音通過了擴音器傳出，聽起來有着迴響。青木也可以清楚地聽到山本司令官的話。

山本司令官宣布了日本的戰敗，天皇宣布了無條件投降的消息。接着，他用一種聽來十分刺耳、高亢的聲音又道：「全體官兵，我接到最新秘密指令，我們全體官兵，要一體殉國！」

青木震動了一下，沒有出聲，只是呆立着。

他看不到甲板上近千名官兵的反應，但是猜想起來，應該和他一樣，那是一種絕望的麻木。精選出來的軍人不會反對殉國，但是生命畢竟是自己的，在紀律和軍令下要結束生命，只怕人人都會同樣麻木。

山本司令官的聲音聽來也變得平板，他在繼續着：「主機械艙上，已經裝好了炸藥，我們的艦隻，會在十分鐘之後，開始下沉。在爆炸發生之前，上司的密令說，會有使者，來察視我們的靈魂！」

青木聽不懂這句話是什麼意思，也不明白山本司令官何以忽然講了這樣一句話。

戰敗了，要殉國，軍人早已有思想準備。在一陣麻木之後，相信每一個人都會接受這個事實，只要山本司令官宣布一聲，就不會有人逃避。

察看靈魂，這有點近乎滑稽了？

青木正想着，山本司令官的聲音又響了起來：「在我講完話之後，到爆炸發生之前，使者就會來到，大家請靜候。」

山本司令官的話到這裏為止，接着另一個將軍，領導着叫了十來句口號，全體官兵跟着叫喊。連在禁閉室中的青木，也受到這種群體意識感染，起勁地叫着。

在這一刻，生命的結束與否，反倒不重要了。重要的是自己是不是跟着大家一起行動。如果自己一個人偷生，那就是背叛。在集體生活中，個人意識被削弱到最低程度，更何況是在這樣悲憤的時刻。

青木仍然不了解什麼叫作「使者會來到」。「天國號」和外界完全隔絕，根本不可能有什麼使者來到艦上。青木也沒有去深一層想，他只是想到，爆炸一發生，艦隻下沉，艦上的官兵，自然全體遇難，不會有一個倖存。

而這時，大家都在甲板上，只有他一個人在禁閉室中，他可不願意當海水湧進禁閉室的時候，死在禁閉室中，他必須出去，到甲板上去，和其他所有的官兵在一起。

他強烈地有着這個願望，他並沒有立即開始行動，而還在猶豫，因為沒有上級的命令，要他推開禁閉室的門走出去，在他的意識中，那是大逆不道的事。他希望在這幾分鐘之內，山本司令官會突然記起了他，把他從禁閉室中放出來，讓他和艦上其他的官兵在一起。

他等着，時間飛快地過去，大約等了三分鐘。在這段時間內，艦上靜得一點聲音也沒有。然後，是一陣奇異的「噼噼啪啪」聲響。

他立時想：啊，爆炸就快開始，我不能再等了。

一有了這樣的念頭，他立時打開門，向外疾奔出去。到甲板，要經過一條走廊和幾道梯級。那種「噼啪」的、如同電花在連續爆炸一樣的聲響聽來更清晰。

青木奔出了走廊，正準備衝上一道梯級，他陡地呆住了。

他看到了幾乎不能相信自己眼睛的奇異現象：在艦隻上空，約莫兩百尺高，有一個看來相當巨大的光環，這個光環，發出強烈的光芒，以致青木在一看之下，第一個感覺是：太陽墜下來了。然而那並不是太陽，那是一個巨大的光環。光環在緩緩轉動着，自光環之中，射出許多細小的，筆直的光線，射向甲板。

青木還看不到甲板上的情形，只看到那無數股光線，射向甲板，那些光線發自緩緩轉動的光環，發出聲響，沿着光線，可以看到不斷在閃耀着爆裂的耀目火花。他完全無法想像這究竟是什麼現象。

前後只不過極短的時間，所有自光環中射下來的光線，陡然消失，在那無數股細光線消失之後，大光環卻忽然閃了一閃，以極高的速度——簡直不是速度，只不過閃了兩閃，就消失了。

那大光環在連閃兩閃之際，所發出的光芒之強烈，令得青木在一剎那之間，什麼也看不見，他定了定神，開始奔上梯級，那個留在他視網膜上的紅色環形虛影，一直在他的眼前。

青木只用了極短的時間，就奔上了梯級，可以看到甲板上的情形。甲板上滿滿是人，所有的人，全倒在甲板上，景象恐怖到了極點。

青木不由自主地大叫了一聲，繼續向上奔去，然後，以最快的速度衝向甲板。他可以看到，眾多的將領，倒在司令台上。只有山本司令官例外，他的身子靠在檻杆上，頭向下垂，連帽子也跌了下來。

青木立即發現，所有的人全死了，毫無疑問，所有的人全死了。整艘軍艦上，只有他一個人還活着。

他像瘋了一樣，去推甲板上的死人，他只推了不到十個，爆炸已經發生，爆炸是如此之強烈，令得甲板上的死人，大都彈跳起來，看起來就像是所有的死人，在一剎那間，都變成了殭屍。

強烈的爆炸一下接一下，足足維持了三分鐘。青木被拋向東又拋向西，不斷跌落在已死去的官兵的屍體上。

爆炸停止，青木第一個感覺是海變成了斜面，當然，海不會傾斜，傾斜的是船身：軍艦很快就會沉沒了。

在那一霎間，青木的求生意志，油然而生，他向前奔，奔到了救生艇旁，解下了一艘，他從已傾斜了的艦身，向海中跳去，游着，登上了救生艇。

青木眼看着「天國號」沉進了水中。雖然全體官兵都在甲板上，但是青木卻未曾看到一個人浮起來，因為艦隻下沉之際所扯起的巨大漩渦，將人全都捲進了海底。

當然，屍體有機會浮起來。但是，海洋中有那麼多水族在等着啃吃屍體！

青木在海上飄流了兩天，才登上了一個小島。那個小島在幾個月前，曾經過美軍和日軍激烈的爭奪，雙方的炮火，將之轟成了一片焦土。青木在上岸之後，一個人也沒有遇到，只看到許多白骨，和東倒西歪的樹木。

第六部

不知大光環是什麼

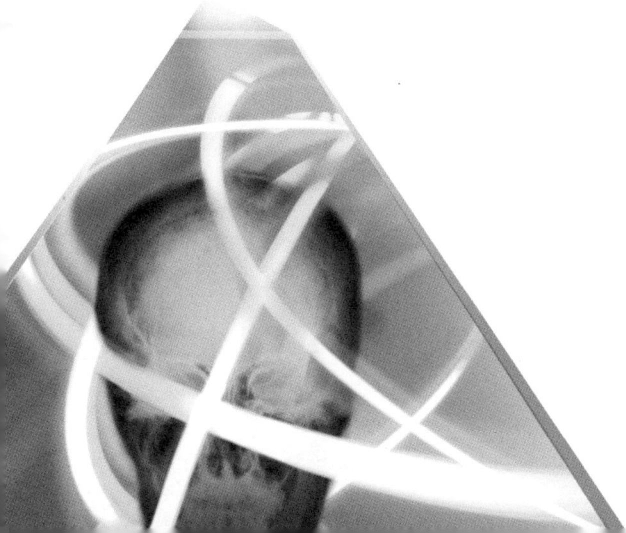

海上飄流兩天，青木腦中渾渾噩噩，根本無法去細想。他一閉上眼，就看到那個高懸在空中的大光環，和自大光環中射出來的無數迸射着火花的光線。他完全不知道那是什麼。但是他卻可以肯定，「天國號」上近兩千官兵，全被那個大光環中射下來的光線殺死。青木在上岸之後，找到了一些美軍補給品賴以維生。

青木只能想像這樣的大光環，這樣的光線，是盟軍方面的一種新武器，說不定就是「原子彈」，才會有那麼巨大的殺傷力，令得「天國號」全艦官兵，除了他一個人之外，全部死亡。

而他，青木歸一中尉，因為事先在禁閉室中，而不是在甲板上，所以發自大光環的光線就沒有射中他，他才是唯一的倖存者。

在小島上住了幾天，一小隊美軍來清理戰場，發現了他。青木會講英語，自稱是島上日軍的唯一殘存，就被當作戰俘，沒有隔多久，經由琉球遣回日本本土。

青木在回到日本之後，遭遇也相當奇特，可以簡單地叙述一下。戰敗之後的日本，陷入一片絕望和混亂。青木是長崎人，那是第二顆原子彈爆炸的地方，他根本無法在廢墟之中找到他的任何親人。

他想以軍人的身分去登記，可是卻發現，有關他的紀錄，完全不存在，也就是說，海軍中根本沒有他這個人的任何紀錄。

青木知道，這是「天國號」上所有官兵同樣的遭遇，連山本五十六大將也不能例外。

青木歸一全然沒有社會依據，他開始在日本各地流浪，做一點低微的工作。幸而戰後日本工業迅速復興，他在一家電工廠找到了一份工作。

對於別的軍人來說，戰爭是一場噩夢，對於青木來說，戰爭更是噩夢中的噩夢。當他回到日本之後，他很快就知道了原子彈是怎麼一回事，也可以肯定，他看到的那個大光環，不是原子彈。

那大光環是什麼武器，青木一直不知道。搜集武器新知，成了他的業餘嗜好，經過了二十年之後，他可以說是這方面的專家。但是，他卻仍然無法知道那大光環是什麼。

青木如果不是在一個偶然的機會之中認識了喬森，他的一生，可能就此度過，他心中的秘密，也永遠不會有人知道。

他一直不甘心海軍軍官的身分被抹殺。所以，一有空，就奔走有關機關，想得到身分的承認。

可是，不論在哪一個機關，當他說到最後的服役船隻叫作「天國號」時，一定被人轟了出來，罵他是神經病。

青木曾利用過他的積蓄，在報紙上登廣告，徵求當年他在海軍軍官學校的同學，出來證明他的身分。他一共收到了七封信，一致指斥他是一個冒充者。據這七位來信者所說，他們的同學，青木歸一中尉，早已在戰爭中英勇殉國。

青木還是不甘心，他知道海上防衛廳有一個專門處理戰時失蹤官兵的部門，一有空，就向這個部門跑，而且幾乎每次，都和這個部門的辦事人員吵架，吵得很兇，以致那個部門的人一見到他，就向他敬禮，稱他為「天國號」艦長。

而青木也照例以十分嚴肅的神情道：「胡說，『天國號』艦長，是山本五十六大將。」

每次當他這樣說的時候，聽到的人，都免不了要捧腹大笑，那一次，也不例外，但是他卻發現其中有一個沒有笑。

被人笑慣了，有一人居然不笑，青木反倒感到意外，他瞪着那人道：「你為什麼不笑？」

那人的回答很妙：「我不覺得好笑。我叫喬森，專門調查世上失蹤、沉沒的船隻，你自稱曾在一艘叫『天國號』的軍艦上服役？」

青木大聲道：「是。」

旁邊的人又笑了起來，那個叫喬森的人，仍然不笑：「青木先生，你可以和我談談有關『天國號』的事？」

青木臉上變色：「那怎麼可以？這是國家最高度的機密。」旁邊的人到這時，更笑得直不起身子來，有一個胖子，捧着肚子，直叫「哎呀」。

而喬森的態度，和青木一樣嚴肅：「事實上，你剛才已經泄露了秘密，你曾說『天國號』上的司令官，是山本五十六大將。」

青木的臉色變了，喃喃地道：「我不是故意的，而且事情過去了那麼多年。」

喬森拍了拍青木的肩頭：「是啊，既然事情過去了那麼多年，還有什麼秘密可言？」

他說着，就抓着青木的手臂，走了出去，在一家酒吧之中，幾杯酒下肚，青木的話就多了，終於，他將「天國號」的事，原原本本告訴了喬森。

喬森在調查戰時日本海軍艦隻沉沒的資料時，發現了一件十分奇怪的事，就是在原來海軍部的舊檔案之中，有一份文件，提及首相府和海軍之間的一個特別調頻通訊。他知道所有日本海軍艦隻，一來，都不和首相府作直接通訊，能和海軍大臣作直接通訊的也寥寥可數。二來，這個調頻十分古怪，只宜作長距離的傳播。

喬森腦筋靈活，想像力豐富，他立時想到，日本海軍方面，是不是曾秘密建造過一艘軍艦呢？他一直在調查這件事，可是不論他如何努力，一無所得。直到他聽說有一個「怪人」，不時到海上防衛廳去吵，自稱曾在一艘根本不存在的兵艦「天國號」上服役過，他才開始留意。

青木對喬森的敘述，喬森聽了大喜過望。當時，喬森就要求青木和他一起到南太平洋去找尋沉在海底的「天國號」，青木一口答應。

雖然喬森追查沉沒船隻，已經建立了極良好的信譽，但是這艘「天國號」，實在太無稽，以致完全沒有人肯出錢來支持。喬森卻深信青木的敘述，把他所有的積蓄，全部拿了出來，而且還借了一大筆債，要來作打撈之用。

他們先到了青木在海上飄流兩天後到達的那個小島，然後，根據當時的氣象資料，研究、確定了風向和水流方向，判定「天國號」沉沒時所在的位置，就在那裏進行探測。

現代的海底金屬探測儀器，對於打撈沉船有很大的幫助。然而，一艘船沉在汪洋大海之中，和一枚針沉在海中沒有什麼分別，海洋實在太遼闊，就像「無窮大」，加上任何數位，依然是「無窮大」。

他們花了三個月的時間，也花完了喬森所能動用的每一分錢，還是一無所獲。所以，只好放棄了搜索行動。

喬森花完了最後一分錢，那並不誇張，而是實在的情形。他們回程的時候，偷偷上了一艘小貨船，然後，不斷利用同樣的方法，才能夠回到日本。

在日本上岸，青木向喬森表示了極度的歉意，因為若不是他說有「天國號」的存在，喬森不會有這樣金錢和時間上的損失。

但是喬森卻十分看得開，他只「哈哈」一笑：「青木老兄，別將這件事放在心上，我相信『天國號』一定靜靜地躺在海底，不過我們運氣不夠好，所以才未曾發現它。」

青木感動莫名，當時就湧出了眼淚：「多謝你相信我。」

喬森想了片刻：「青木老兄，我不但相信有『天國號』的存在，而且，也相信你所說的在『天國號』上最後發生的事，這件事，十分怪異，我會繼續調查。現在，我們不得不分手，請你給我一個固定地址，事情一有發展，我就和你聯絡。」

青木想了一想，想起了他工作的那家工廠附近，有一家小雜貨店，店主是一對老年夫婦，和他很談得來，青木就將那家雜貨店的地址給了喬森。

分手之後，喬森神通廣大，要解決自己的生活，並不是難事。青木卻潦倒得可以，原來的工廠，因為他無緣無故辭職，已不再用他，這些日子來，他是怎麼過的，連他自己都不敢想。

不論日子如何困苦，每隔一個時期，有時是一個月，有時是兩三個月，總要設法到那家小雜貨店去一次，問問是不是有喬森給他的信息。每次他都失望，令得那對老夫婦代他難過。一直到大半個月之前，青木才一出現，雜貨店老闆就奔了出來，大聲叫道：「青木先生，有你的信，從美國寄來的，好像還附有匯票。」

青木激動得發抖起來。信是喬森給他的，很簡單，附上一筆可觀的旅費，請他馬上到美國來。

青木立時辦手續，到了美國，見到了喬森。

青木所講的全部經過，就是這樣。

在青木講述他的經歷之際，我一直極用心地聽着。可是等他講完之後，老實說，我真是莫名其妙，不知道喬森要我聽青木的敘述，有什麼作用。難道他又掌握了「天國號」的新資料，要再去打撈，希望我參加？

一想到這一點，我不禁好笑，一個但丁．鄂斯曼的寶藏還不夠，又來了一艘神秘的「天國號」，看來我變成發掘寶藏的熱門合伙人了。

我忍不住問道：「青木先生，你的故事很動人……」

青木的神情很惱怒：「我不是在講故事，我所講的，全部是事實。」

我攤着手：「好，全部是事實，我可以接受，包括有關山本五十六大將和那個大光環，但是我不明白，喬森要你將這件事詳細講給我聽，是為了什麼？」

青木怔了一怔：「你不知道？」

我道：「不知道，所以才問你。」

青木扭着他手中的帽子：「我也不知道，他要我來告訴你，我就照他的話做。」

我不禁心中暗罵了喬森不知在鬧什麼玄虛。我又問道：「你見到喬森，他難道沒有說為什麼叫你來？」

青木大口喝着酒：「我四天前到，和他見了面。」

青木和喬森見面的情形，青木也講得十分詳細，在敘述中，可以看出喬森態度怪異，他一定有什麼事隱瞞着青木，就像他有事隱瞞着我。所以我也有必要，將他和青木見面的情形，詳細地記述出來。

青木到了四天，和喬森一共見了三次面。

青木到的第一天，就去見喬森，被那家大酒店的職員趕了出來。

青木找到了一家低級旅館住下來，用電話和喬森聯絡，終於聽到了喬森的聲音。喬森一聽到是他，立時問了他住的地方：「在旅館等我，我立刻來。」

喬森說是「立刻來」，但是事實上，青木卻等了他足足二小時，而且，當青木打開門，喬森站在門口，神態疲倦到極，像是他才跑完了馬拉松。

喬森想走進房間，可是才跨了一步，就站立不穩，青木忙扶住了他，喬森指着房間中的洗臉盆，張大口，連發出聲音的氣力也沒有。

青木半扶半拖着他，來到了洗臉盆前，喬森低下頭，用發顫的手，扭了好久，也扭不開水掣，還是青木幫他開了水掣，喬森就讓水淋在他自己的頭上。淋了好久，才聽得他長長吁出了一口氣。

青木料不到喬森會這樣子，也慌了手腳，一直等到喬森吁了一口氣，他才道：「天，喬森，你怎麼啦？」

喬森抬起頭來，滿面全是水，他努力想睜開眼，一把拉住青木的手臂：「青木，把『天國號』上……最後發生的事，再……向我講一遍。」

他一面說，一面就在牀上坐了下來。牀發出了一陣吱吱的聲響。

青木道：「喬森先生，為什麼……」

喬森立時叫了起來，道：「求求你別說廢話，快說當時的情形。」

青木只好答應了一聲，把當時的情形，說了一遍。喬森在聽的時候，卻又心不在焉，只是用一種極茫然的神色，望着天花板。

（喬森的這種神情，我也「領教」過，當我在看但丁的資料時，他也一直看天花板，神色茫然。）

青木講完，喬森現出十分苦澀的神情，用手抹乾了臉上的水。

他問道：「司令官說什麼？會有使者來察視靈魂？」青木道：「是的，他是這麼說。」

喬森又沉思了片刻，在突然之間，他的神情已恢復了常態，站了起來，塞了一點錢給青木，一言不發，向外走去。

青木像是受了侮辱一樣叫了起來：「你叫我來，就是為了施捨我這點錢？」

喬森道：「當然不是，老朋友，我現在非常忙，也……極度困惑，想要你幫忙。現在我沒有時間，明天這時候，再來看你。」

青木還想講什麼，喬森的體力看來完全恢復，他像一陣風一樣，捲了出去。

第二次見面的情形，比較正常，喬森先生來到旅館，和青木一起到了附近的一家小餐室。

（從青木講他和喬森見面的日子、時間，我可以知道他和青木的三次見面，我都在紐約，但是喬森卻從來也未曾告訴過我，也沒有提起過青木這個人，直到今天，才突然叫青木來見我。那是他故作神秘？還是他真有難言苦衷？）

在飽餐了一頓之後，他們又找了一處幽靜的咖啡室，喬森一直顯得精神恍惚，欲言又止。但是他終於開了口：「青木，要你把三十年前的事的每一個細節都記起來，相當困難，但是我想……」

青木訝然道：「喬森先生，我已經什麼都講給你聽了，已經什麼都講了。」

喬森作了一個手勢：「請你再想一想，把你聽到的，山本司令官講的話，每一個字都記起來。」

青木認真地想着，把當時聽到的話，又講了一遍。喬森用心聽着，問道：「肯定是，有使者來察視靈魂？」

青木皺着眉：「是的，等一等，我當時的心緒很亂，但是，他是這樣說。」

在喬森的一再追問之下，青木變得有點猶豫不決，好像又不能肯定了。喬森又問道：「會不會司令官是說：來察視是不是有靈魂？」

青木呆了半晌，道：「或者有這個可能，擴音機中傳來的聲音有迴響，有這個可能，我不敢肯定。」

青木一面回答着喬森的問題，一面忍不住好奇，又問道：「喬森先生，你問這個幹什麼？」

喬森並沒有回答，神情沉思，過了一會，他站了起來，付了帳：「明天我再來看你。」

第二次見面的情形就是這樣，喬森的問題，集中在「天國號」沉沒之前那幾分鐘的事，而且特別注意山本司令官的講話。

青木已經説了是「有使者來察視察魂」，可是喬森卻問青木，會是「有使者來視察有沒有靈魂」？他為什麼要知道當時山本司令官的話？那看來沒有任何意義。

我聽了青木敘述他和喬森第二次見面的情形，心中十分疑惑。照我的想法，當時山本已決定沉船殉國，在這樣的情形下，提及靈魂，是很自然的事。任何人，不管他信仰的是什麼，在面臨生死大關之際，想到靈魂，講出來，這很自然。喬森拚命去追究這一點，又有什麼意義？

我最感疑惑的，是青木提到的那個「大光環」，和無數發自光環的光線。在青木的敘述中，可以肯定全船官兵都為這種光線所殺。

那大光環又是什麼怪物？喬森何以不注意這點？

喬森和青木見面的第三次，就在昨天。

喬森衝進了青木的房間，急速地喘着氣：「青木，那封電訊，你還記得接收時的調頻？」

青木搔着頭，雖然事隔多年，但由於這個調頻給他印象十分深刻所以他一想之後，立時想了起來。他說出了那調頻的數字。

喬森立時取出了一份影印的文件來：「你看，這是海軍部的絕密文件，這個調頻，就是你說的那個，是首相府直接通訊所用的。」

青木呆了一呆：「我從來也未曾想到這一點，首相府？」

喬森道：「是的，你是電訊室的負責人，難道沒有接到過訓令？」

青木搖着頭：「關於這個調頻，我接到的命令是，只要一有電訊來，必須立即呈給上司。」

喬森思索着：「有趣的是，我曾詳細地查過，自這個調頻確定以來，首相府絕沒有使用過，尤其在天皇宣布投降的那一天，首相府一共發出了八十七通密電，每一道都有案可稽，其中根本沒有一道，命令『天國號』全體官兵殉國。」

青木驚訝得張大了眼：「喬森先生，你……你是在指責我說謊？」

喬森神情肅穆：「決不是，青木老兄，我完全相信你說的話！」

青木十分感動，喃喃地道：「我說的全是事實。電訊是我接收的，是我看不懂的密碼。」

喬森想了一想：「山本司令官一看到密碼，就知道了電訊的內容？」

青木再一次回想當時的情形，肯定地道：「是，可是我沒有聽到他念完，就被他趕了出來，我只知道電訊是請求全體官兵……」

喬森道：「殉國？」

青木道：「我沒有聽完，但是從當時山本司令官的神情和以後發生的事來看，就是這個意思。」

喬森喃喃地道：「要是能得到這份電訊就好了。」

青木苦笑：「那沒有可能，我也無法記得住那些密碼。」

喬森思索：「事情真怪，山本司令官以為那是從首相府發來的電訊，但實際上並不是。而什麼有使者來察視靈魂的說法，可能也是電訊上說的，這通電訊……」

青木問道：「究竟是來自什麼人的呢？」

喬森陡地震動了一下，沒有回答，忽然改變了話題：「青木老兄，有一個人，我要你去見他，把『天國號』上發生的事，詳詳細細告訴他。這個人的名字叫衛斯理。」

青木沒有問為什麼，只是答應着。

「我在旅館，一接到他的電話，告訴了我你的住址，我就來了。」青木結束了他的全部談話。

我仔細思索着青木的話。

我承認當年發生在「天國號」的事，極之怪異，無法確定屬於什麼性質。「天國號」本身神秘之極，但是還可以想像。至於什麼「使者來察視靈魂」，全體官兵突然一起死亡，全不可思議之極，看來喬森着重的就是這些怪事。

這大大引起了我的好奇心，我對青木道：「很感謝你告訴我這些，我想，等喬森來了，我們一定會研究出一個眉目來。」

青木再度用力扭着他那頂帽子，顯而易見，當年他親歷的不可思議的恐怖怪事，事隔多年，仍然給他極度的震動。

我和他又談了一回，問了一些我沒有聽明白的細節問題，時間慢慢過去，喬森卻還沒有來。我等得有點不耐煩了，打電話回原來的酒店去問，叫了喬森的助手，和他同房的那兩個年輕人之一來聽電話。那年輕人道：「喬森先生已經辭職，沒有人見過他。」

沒有喬森的下落：我只好再等。青木不斷自己斟酒飲，已經有了五六分酒意，歪倒在沙發上睡着了。

房間中的光線，漸漸黑下來，我等得坐立不安了。看了看時間，已經是晚上六時，喬森還是沒有來。這真令人心焦。

我又耐着性子等了半小時，青木還在睡，這時，叩門聲響了起來，我奔過去，陡然拉開門，大聲道：「你究竟到什麼地方去了？」

我的話陡然停住，只是錯愕地望着門外那個人。門外那個人的神情比我更驚愕，那是但丁．鄂斯曼，不是喬森。

但丁道：「對不起，我來之前沒有通知你，你不歡迎我？」

我忙道：「不是，當然歡迎，只不過我正在等一個人，你也認識的，喬森。」

但丁「嗯」地一聲：「聽說他今天上午突然辭職，保險公司的首腦正在大傷腦筋，不過照我看，他並不是保安主任的好人選，我每次遇到他，總覺得他精神恍惚。」

但丁的形容詞用得相當恰當。我又陡然想起，有一個人，曾說過喬森「精神上受着困擾」，這個人是那個神秘人物金特。

金特不但身分神秘，所說的話也極其神秘，他也知道「天國號」的事，甚至提議喬森可以用「天國號」的事，去回答困擾他的那個問題。

剛才我打了許多電話去找喬森，就是沒有想到金特，這時，我又連帶想起了一些別的事情，忙去搖睡在沙發上的青木。

但丁在一張椅子上坐了下來。我推醒了青木，在青木還在揉着眼睛之際，我問他：「『天國號』的事，你還對誰講過？」

青木怔了一怔：「我對不少人講過，但是根本沒有人相信我。」

我道：「有一個人，叫金特，你認識他？」

青木搖頭道：「金特？從來也沒有聽說過。」

我想了一想，雖然我沒有望向但丁，但是也可以感到他正注視着青木。我想，金特知道「天國號」的事，可能是喬森告訴他的。

我吸了一口氣：「青木先生，喬森還沒有來，而我又有了一個客人……」

青木十分識相，「哦」地一聲，立時站了起來。我倒有點不好意思：「我不是趕你走……」

青木忙道：「不要緊，我在酒店大門口等喬森先生，他來了我一定可以看得見他，我們再一起上來找你。」

第七部

老祖母的奇遇

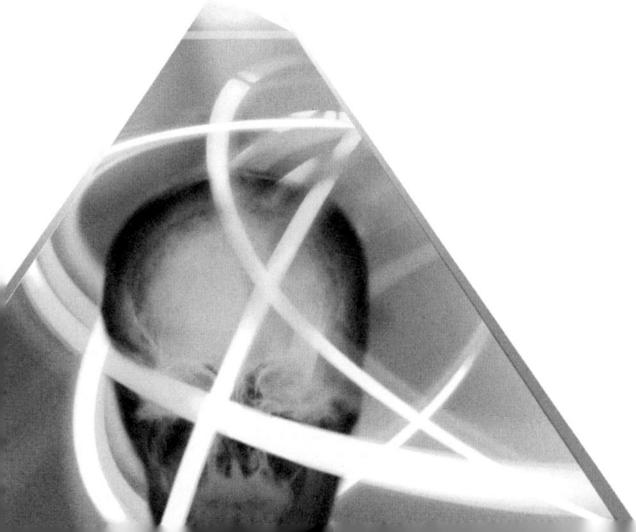

我拍了拍他的肩，表示同意，青木向外走去，但丁故意轉過頭去，當作看不見他。青木打開門，走了出去。

我只是淡然一笑，沒有說什麼，心中卻在想：你可別看不起他，他對我說的事，一定比你要對我說的有趣得多。我走前幾步，在他對面坐了下來，和他寒暄了幾句，才道：「你來看我，是為了……」

但丁挪動了一下身子：「我要說的，只是你和我兩人之間的事。」

我道：「好，請說。」

但丁搓了一下手，然後，又將他所繫着的那條皮帶，取了下來，向我遞了過來：「請在燈光下，好好看一下這些珍寶。」

我走向桌子，着亮了燈，看看皮帶背面的那些鑽石和寶石。以我對珠寶的常識而論，這些精品，真是歎為觀止。

我看了好一會，抬起頭來：「我一生之中，從來沒有看到過那麼多精品在一起。」

但丁對我的評語，感到十分高興。他走了過來：「如果我說有一處地方，其中的珍寶，百倍於此，甚至千倍於此，你會怎麼說？」

我想了一想：「就是你提及過的那個寶藏？」

但丁的神情有點惱怒：「你還不相信。」

我笑了一下：「你太敏感了，不是不相信。事實上，看了這些珍寶，沒有人會懷疑你還有更多。」

但丁神情高興：「我如今攜帶的珠寶，是我祖母當年從土耳其帶出來的。我的祖母是……」

看他的神情，像是在搜索詞句，如何介紹他的祖母才好。我接了上去：「鄂斯曼先生，你富於傳奇性，所以在上次我們見過面，發生了一些誤會之後，我已經知道了你不少事，包括更富傳奇性的令祖母。」

但丁「哦」地一聲：「你對我的一切，已經十分了解，我不必再作自我介紹了？」

我道：「是，可以這樣說。」

但丁又「嗯」地一聲，接着，他的神情陡然緊張起來，向前挪了挪身子，湊近了我。雖然房間中明顯地只有我和他兩個人，可是看他的神情，卻像是很多人等着要偷聽他的話。

他在湊近了我之後，才說道：「衛先生，我的祖母，到過那個寶庫。」

但丁顯然已被他自己將要說的話弄得十分興奮，他甚至在喘着氣：「我二十歲生日那一年，她講給我聽，她說，這個秘密，只有我一個人知道，而我只可以告訴另一個人，絕不能再有任何其他人知道。」

我大是好奇：「為什麼選中了我？」

但丁吸了一口氣：「要事情進行得順利，必須得幫助，從知道了這個秘密開始，我就一直物色一個可以共同進行的人，幾年前，我開始聽到有關你的一些事，搜集你的資料，這次能見到你，真巧，不然，這個珠寶展覽會之後，我也會專程去找你。」

我道：「如果令祖母曾進過那個寶庫，你再進去，不應該是難事……」

我在委婉地拒絕作他的伙伴，但丁也聽出了我的意思，不等我講完，就急急地道：「不，不，其中還有一點很奇怪的事，如果你有時間，你要不要聽聽我祖母的叙述？」

我「啊」地一聲：「令祖母在瑞士？我怕抽不出時間……」

但丁又一次打斷了我的話頭：「不，她的講述進行了錄音。她知道我必然需要將這個經過講給另一個人聽，又怕轉述會漏去了一些重要的部分，所以才這樣安排。」

他一面說着，一面已經從上衣袋中，取出了一隻扁平的金質盒子。這隻盒子一角，用小粒的鑽石和紅寶石，鑲出一個圖案，整隻盒子，十分精緻。

他取出了盒子之後，將盒子打開，裏面是兩卷卡式錄音帶。我一看到錄音帶竟然有兩卷之多，不禁皺了皺眉頭。

但丁十分敏感，他立時覺察到了我的反應：「衛先生，我祖母的叙述，一共是八十七分鐘……時間雖然長了一點，但是你聽了之後，一定不會後悔。」

我作了一個手勢：「我必須弄清楚一點事。」

但丁直視着我。我指着錄音帶：「令祖母的話，只有一個人能聽？」

但丁道：「是的，當你聽過之後，我就會將錄音帶毀去，而我祖母也不會再對任何人說起她的經歷。」

我笑了一下：「我想明白的就是這一點：這是不是說，如果我聽了之後，我一定要成為你的伙伴？」

但丁呆了半晌：「是不是成為我的伙伴，這……自然在聽了之後，由你來決定。」

我道：「如果我拒絕，你再找另外的伙伴時，又必然要講給他聽一遍，那豈不是多一個人知道了？」

但丁的神情，惱怒而堅決：「不，你是我選定的唯一伙伴，只有你！如果你不答應的話，整件事情就此算數，終我一生，不會再對任何人提起。」

他說得這麼堅決，倒使我十分感動。但丁高傲，他只選中了我，我真的應該聽一聽他祖母講的話。

反正，我已經聽過青木歸一所講的有關山本五十六和「天國號」的事，何妨再聽一聽一個老婦人講述她和土耳其鄂斯曼王朝的藏寶庫的事！

轉換了一下坐的姿態，全神貫注：「我正在等一個朋友，要是他來了，可能會中斷一下，你不介意？」

但丁的神情很不願意，我解釋道：「我們早約好了，我不知道你會來。是不是我們改天再聽令祖母的叙述？」

但丁搖頭道：「不要緊，你的朋友一來，我們就停止。」

他取出了一隻小型錄音機，放進了錄音帶，按下了放音掣，雙手交叉着放在膝上，坐了下來。

錄音機中，傳出了一個老婦人的聲音，講的是並不很純正，但是極其流利的法語。

才一開始之際，但丁望向我，揚了揚眉，詢問我對於法語的了解能力，我又作了一個手勢，表示沒有問題。

在我還沒有聽但丁祖母的錄音帶之前，我心中在想：今天不知道交了什麼運，一天要聽兩個故事，一個故事來自一個舊日海軍軍官，一個故事來自一個據稱是土耳其皇宮的老婦人。這兩個人雖然同生活在地球上，但是兩人相去太遠了，他們所講的故事，一定毫無相同之處。

可是當我聽到一半時，我已經訝異得説不出話來。等到聽完，我更是呆了不知多久，直到但丁叫了我幾次，我才如夢初醒，定過神來。

兩個生活背景截然不同的人，在他們所講述的故事中，竟然有着相同的不可思議之處，這是我絕想不到的事！

雖然我聽完了兩個故事，仍然不明白其中的秘奧，但是我卻至少知道了一點：兩件事之間，有着關聯。

現在，我這樣分析，沒有作用，因為但丁的祖母究竟説了些什麼，別人還不知道，等到知道了之後，自然會同意我的說法。

在但丁祖母的敘述過程中，但丁曾有好幾次插言，我也照錄下來。老婦人的敘述相當長，但丁一定曾聽過不止一遍，所以知道全部時間是八十七分鐘。

附帶說一句，在這八十七分鐘之中，我沒有受到任何打擾，喬森一直沒有出現。

但丁的祖母究竟叫什麼名字，我不知道，但丁也沒有告訴我，我聽到的故事，全是這位老婦人用第一人稱敘述的，我保留了她的敘述的形式。

以下，就是但丁祖母的故事：

「孩子，今天是你二十歲的生日。二十歲，成人了，我要向你講一些事。你或許不信，但是，你對我所講的事，不能有絲毫懷疑，絕對不能，一定要毫無保留地全部接受，因為你已經是一個大人，我可以對你作這樣的要求。我等了好多年，才等到你二十歲的生日，可以向你說這番話。

「你聽了我的話，不但要牢記在心，而且，你會需要一個真正可以幫助你的同伴，這件事，除了你自己之外，只能向這個同伴提及。為了你的轉述可能有錯漏，所以現在在錄音，將我的聲音記錄下來，好讓你找的同伴，和你一樣，聽到我的聲音。你要小心保留錄音帶，因為你找到同伴，可能我已不在人世，就不能再講一遍了。

「唉，多年之前，你的父親二十歲生日，我也曾向他講述這件事，要他絕對相信，牢牢記住，只可惜你父親死得早，根本沒有機會做什麼，就已經離開了人世。願他安息。我現在還能夠對自己的孫兒再叙述這件事，算是十分幸運了。孩子，你聽着，你，是宣赫的鄂斯曼帝國的最後傳人，公元一二九〇年，你的祖上，鄂斯曼一世，創立了鄂斯曼帝國。

「你生來就有鑒別珠寶的本領，旁人會引以為奇，我一點也不覺得奇怪，那是意料中事：自從鄂斯曼帝國建立以來，屬於皇室的珠寶，是人類歷史上從來也未曾有過的大蒐集，你的身體之中，流着鄂斯曼王族的血，珠寶對你，就像是大麥和小麥對世代務農的農家孩子，是你生命的一部分。

「鄂斯曼帝國的珠寶蒐集，早在十三世紀就開始，十五世紀時，鄂斯曼帝國的軍隊，征滅了東羅馬帝國。原來屬於東羅馬帝國的寶藏，也併入了蒐集之中。接下來的歲月中，帝國的版圖曾包括了巴爾幹半島、敘利亞、巴勒斯坦、埃及。各地的奇珍異寶，百川歸海，流進宮廷之中。

「到了十六世紀，那是帝國的全盛時期，其時在位的是你的一位極其傑出的祖先，他的尊稱是蘇里曼一世。疆土橫跨歐亞非三大洲。

「一直到你的祖父，你祖父的尊稱是……」

（但丁不是很耐煩的聲音：「祖母，鄂斯曼帝國的歷史，我夠熟悉了！」）

「是的，孩子，你應該熟悉，因為你是這個王朝如今唯一的傳人。好了，現在講我要對你說的故事。我本來是保加利亞和土耳其接壤的一個山區少女，因為特殊的機遇，進了土耳其皇宮，遇到了你的祖父。這其中的經過……」

（在這裏，有老婦人的欷歔聲，和但丁的聲音：「祖母，往事如果令你傷心，那還是別提了吧，提了也沒什麼作用。」）

「唉，是的，孩子，我被你的祖父喜愛，是土耳其最悲慘的時刻。第一次世界大戰，土耳其參加了同盟國，戰敗，即使在深宮之中，也可以強烈地感到自外面傳來的那種惶惑不安。你祖父在愁悶的時候，就常到我這裏來，哭得像個小孩子，不住重複着一句話：鄂斯曼帝國要在我這一代滅亡了，這不是我的錯，不是我的錯。

「每當這樣的時候，我就像哄小孩子一樣地哄他，雖然他比我大很多，樣子也十分威武莊嚴，有着君臨天下的氣概。可是，當他軟弱的時候，他真像小孩子，需要女性的安慰。

「時局愈來愈不安，不利的消息一個一個傳來，那天晚上，你祖父突然來到我這裏。這時，我才知道自己有了身孕，你祖父也剛知道。那天晚上他來的時候，滿頭是汗，神情極其激憤驚懼，我嚇呆了。他一來，就握住了我的手，很用力地親了我一下，叫着我的小名：『你快走，你有着我的孩子，可是還沒有人知道，你再不走，等他們知道了，就走不脫了。他們已經揚言，一個人也不放過，一個也不放過。』

「他講到後來，簡直是聲音嘶啞地在哭叫着，我當時就嚇得哭了起來，他略為鎮定了些，將一隻盒子塞在我的手中，又催道：『快走！快走！我已經叫人保護你離開，你到保加利亞去，找保加利亞皇，他會保護你，我已經寫了信給他。』

「我只好接過了盒子，那隻盒子，我曾在他的書桌上見過，是一隻扁平的小盒子，我常見他用手按在那盒子上沉思，可是卻從來也未曾見他打開過它。

「他一說完，拉了我向外就走，一面走，一面又告誡我道：『在未曾安全到達保加利亞之前，你千萬別表露自己的身分，絕對不能，他們一知道了你的身分，就會把你殺死。這隻盒子，據說是蘇里曼一世傳下來的，是鄂斯曼王朝的重要寶物之一，時間太倉猝了，我沒有什麼可以給你，只好給你這隻盒子。』

「我也不知道這隻盒子有什麼用，更不知盒子中放的是什麼東西，只覺得拿在手裏，十分沉重，我哭了起來，抱着他：『你自己為什麼不逃到保加利亞去？』他一聽得我這樣問，陡然發起怒來，大聲道：『我是君主，怎可以臨陣脫逃？』

「我見他發怒，嚇得一聲也不敢出，由得他拉了我向外走。

「一面走，一面他又道：『這隻盒子，叫作打不開的盒子，據說自從製成之後，根本沒有人打開過，也沒有人知道作用是什麼，但卻是一代一代傳下來的寶物，我交給了你，你要小心保管。』

「我答應着，當時心慌意亂，只是隨便向盒子看了一眼，盒子看來是金質的，上面也沒有什麼花紋，只是十分光滑。我在向盒子看的時候，平滑的盒面上，映出了我充滿淚痕的臉，像是一面鏡子。

「我抽噎着，問道：『是不是我們分別了之後，我再也見不到你了？』他一聲不出，樣子十分難過。我想起他在軟弱的時候的情形，心裏也極難過：『你在需要安慰的時候，誰來安慰你呢？』

「他陡然變得焦躁起來，粗聲粗氣地説道：『別廢話了，以後，我再也不會有需要人家安慰的日子。』

「我忍着悲痛，既然他這樣鄭重地將那隻盒子交給我，又告訴我這盒子叫作『打不開的盒子』，當時我心中只是想，我要好好保護這盒子。我拉下了頭巾，將盒子包住，緊緊捏在手中。

「這時，我只覺得他粗大的手，手心全是汗，又冷又濕的汗。

「他拉着我，一直來到了一處門外才停下。門前早有兩個人在，全是他的侍衛官，我見過他們，兩個人的身形都很高大，可是這時，他們都穿着便服。他推了我一下，將我推向那兩個人，又叫着我的小名：『快照我的話去做。』

「我回頭再看他時，只見他挺直着身，已經轉身走了回去，他高大的背影，到現在我閉上眼還可以看得到，唉，他真不愧是一個勇敢的君主。

「當時，我想追上去，伏在他寬大的背上，可是我才奔出了一步，那兩個侍衛就阻住了我，其中一個留着鬍子的道：『請別耽擱時間，城裏已經亂了。』

「我還是掙扎着不肯走，但扭不過那兩個侍衛，只好離開了皇宮。」

（但丁在這裏插問：「祖母，你離開了皇宮之後，就再也沒有回去過？」）

「是的，孩子，沒有再回去過。後來我才知道，在我走了之後不久，造反者的軍隊，就衝進了皇宮……」

（一陣啜泣聲音，但丁在問：「祖母，這就不很對了，你走得這樣倉猝，根本沒有機會收拾東西。而祖父給你的那隻盒子，你又說不是很大……對了，我怎麼從來也沒有見過這隻『打不開的盒子』？可是你卻有很多珠寶，多年來我們的生活，全是靠變賣珠寶維持，你是怎麼把這些珠寶從宮中帶出來的？」）

（老婦人的聲音，打斷了但丁的話，先是一下長長的嘆息，接着才說話。）

「孩子，我說下去，你自然會知道，現在先別發問。

「離開了皇宮，城裏的確已經很混亂，店舖全關上了門，大街上有許多人和士兵，在奔來奔去，那兩個侍衛帶着我，穿過小巷，天色很快就黑了下來，我們在混亂之中，漸漸離開了市區，到了一處相當靜僻的地方，歇了歇腳，兩個侍衛取出了一塊餅來，分了一點給我，令我坐在樹下不要亂走，他們兩人走開去，離我不是很遠。

「我當時不知道他們想做什麼，只是想，我一個人，沒有可能到達保加利亞，一定要靠他們的保護。他們既然是你祖父在這樣危難時候挑選出來，一定是忠心耿耿的好人。

「我這樣想着，一直望着他們兩人，他們一直在交談着，好像在爭論什麼，聲音很低，我一個字也聽不見。他們交談了大約十多分鐘，就互相伸出手來，拍了拍手掌，轉過身，向我望過來。

「當時的天色已十分黑，遠處有爆炸聲，也有幾處隔老遠都可以望見的火頭，顯然是城裏有幾處地方，正在着火燃燒。他們兩人正好背着火光而立，火光雖然遠，但是在他們的背後閃動着，看來也十分詭異。

「那兩人站着，看了我一會之後，就一直向我走了過來，來到了我的面前。

「他們一來到了我的面前，一開口，我就知道事情不對了。

「他們不照宮中的稱呼叫我，只是叫道：『女士，請你站起來！』

「我吃了一驚，站了起來，其中一個一伸手，我一個不防，已經被他將我緊捏在手中的那隻盒子，奪了過去。當時我真的急了，立時叫了起來：『還給我，這是皇帝給我的。』那個留鬍子的，惡狠狠向我獰笑：『就是因為這樣，才搶你的。』

「他一面說，一面將包在盒子外的絲巾拋去，另一個道：『盒子那麼小，不會多值錢。』留鬍子的道：『你懂什麼，珍寶要多大？夠你我用一輩子的了。』他說着，就想打開盒子，可是打來打去打不開。

「另一個自他手中接過盒子來，先看了一會，再去打開盒子，但是一樣打不開，兩個人立時兇狠地向我望來，喝道：『打開它！』

「我又怒又急：『打不開的，這隻盒子，就叫「打不開的盒子」』。那兩個侍衛卻不肯相信，留鬍子的那個，一步跨過來，揪住了我的頭髮，將我的頭按低，推着我，要將我的頭向樹上撞去，我拚命掙扎，可是無法敵得過他，被他推着，在樹上重重地撞了一下，痛得我叫起來。孩子，你看，我前額上的這個疤，就是叫那一撞形成的。」

（但丁憤怒的聲音：「那兩個畜牲，太可惡了，簡直是沒有靈魂。」在但丁這樣說了之後，老婦人的聲音，驚訝到了極點。）

「孩子，你覺得這兩個人沒有靈魂？你為什麼會這樣說法？」

（但丁聲音仍然憤怒：「他們趁你在危難中欺負你，這種人，就算有靈魂，他們的靈魂，也早就叫魔鬼收買去了。」）

「唉，孩子，當時，我也是一面掙扎，一面就這樣罵他們道：『你們的靈魂在哪裏？一定是叫魔鬼收買去了，一定賣給魔鬼了。』那留鬍子的仍然將我的頭向樹身上撞，另一個獰笑着：『我們的靈魂？哈哈，不是叫魔鬼收買了，是被你帶着的珠寶收買了。』

「我叫道：『你們誤會了，我走得這樣匆忙，根本沒有帶什麼珠寶。』

「那留鬍子的放開了我，狠狠地道：『鬼才相信你的話，快將盒子打開來。』

「我哭了起來：『幾百年都沒有人可以打開，我有什麼辦法？』那留鬍子的抬腳向我踢來，我又驚叫了起來。孩子，就在這時候，怪事情出現了，奇蹟出現了……」

（老婦人的聲音，在這時，激動得在發顫。）

「孩子，真神降臨了，一定是真神降臨了，我突然看到一個光環，出現在眼前，在我伸手可碰及的地方出現了。」

前。」

（但丁遲疑的聲音：「祖母，你能不能說得比較明白一點？」）

「我還說不夠明白麼？一個光環，孩子，一個閃亮的光環，突然出現在眼前。」

（但丁悲哼了一聲：「好，我明白了。」）

「那光環一出現，那兩個侍衛也呆住了。怔立着，盯着那個光環。他們的臉，在青白色閃亮的光芒的照耀之下，青白得異樣可怕。我在不知不覺之中，跪了下來，那兩個侍衛仍然站立着。突然之間，自光環之中，射出了兩股光線，那兩股光線，射向兩個侍衛。」

（又是但丁的聲音：「祖母，你在說什麼，我真的不明白。」）

「孩子，你不需要明白，只要聽我說。那兩股光線，發出一陣噼啪的聲響，閃耀着藍色的火花。我從來也沒有看到過這樣奇異的景象。這種情形，到現在，我還可以極清楚地記得。我不但跪着，而且膜拜。

「就在這時，我聽到那兩個侍衛一起叫了起來：『不知道，我不知道！』

他們這樣叫，好像有什麼人在問他們話。可是除了他們的聲音之外，我聽不到有別的人在問他們什麼。

「他們叫了幾聲之後，又道：『真的不知道。』那另一個道：『我只是這樣說，我沒有見到珠寶，收買我……我不過是這樣說說，我……不知道。』那留鬍子的也在叫着：『沒有什麼收買，我……沒有……我沒有……』

「孩子，你要記得他們兩個這時叫的話，我不知道他們為什麼這樣叫，但是他們叫的話，我每一個字全記得，現在照樣說給你聽。

「光環中射出來的那兩股噼啪作聲、有火花的光線，突然閃了一閃就不見，光環依然在。我還跪在地上，看到那兩個侍衛的身子，慢慢向下倒去，倒地之後，一動也不動，看來已經死了。

「這時，我又是吃驚，又是高興。」

（老婦人的聲音講到這時，興奮激動得異常。）

「光環緩緩轉動了一下，我在這時，突然聽到有人在對我講話，真的，那是一個十分柔和的聲音，在對我講話，我聽到那聲音在問：『你剛才說，他們兩個人的靈魂被魔鬼收買去了，真有收買靈魂的魔鬼嗎？』

「這時，我心中只是驚訝，並不害怕，聲音是不是從那光環中發出來的，我也不敢肯定，但是神蹟在光環出現之後發生，所以，我在回答的時候，望着那個光環：『我不知道。』」

（但丁發出了一下類似抽噎的聲音。）

（在聽錄音帶聽到這裏時，我也跟着發出了一下類似抽噎的聲音。但丁祖母的回答「我不知道」，這是一個十分普通的回答，幾乎每個人每天都可以聽到。可是這個答案和這個問題聯繫起來之後，就令人吃驚之極。）

（那兩個侍衛回答過「我不知道」。喬森也在不知和誰對話之際，回答過「我不知道」，是不是他們得到的問題，和但丁祖母得到的問題一樣？）

「那聲音在我回答之後，忽然提高了很多，又問道：『為什麼你們對自己靈魂的去向都回答說不知道？還是你們根本沒有靈魂？』孩子，你知道，我自一出生開始，就是一個虔誠的伊斯蘭教教徒。那聲音居然說我可能根本沒有靈魂，這使得我又是着急，又是難過，我忙答道：『不！我有，一定有！』

「那聲音又問道：『如果有，在哪裏？』我急得幾乎哭了出來：『我不知道，我……想沒有人知道自己的靈魂在哪裏。』我的回答很正常，孩子，這些年來，我一直在思索這個問題。我們每一個人都有靈魂，可是，有誰知道自己的靈魂在哪裏？孩子，我仍然不知道，你知道嗎？」

（但丁很低沉的聲音：「祖母，我也不知道。」老婦人再度長長地嘆息着。）

「那聲音就靜了下來，我仍然注視着那個光環，看到那光環在急速地旋轉，顏色也在變幻。我不知道將會有什麼事發生，只好戰戰兢兢地等着。過了極短的時間，那聲音又響了起來：『剛才那人說他的靈魂被珍寶收買了，是不是你們的靈魂，全在珍寶中？』我呆了一呆，根本不知道這聲音如此問，是什麼意思，也無從回答起。

「我沒有回答。那聲音繼續道：『如果你有很多珍寶，你會怎樣？』這時候，我不知道為什麼，實在忍不住了，淚水湧出，哭了起來：『我已經什麼都沒有了，還說什麼有很多珍寶。』

「那聲音繼續問：『如果你有的話，是不是會好一些？』我也無暇細想：『當然是。』孩子，我的回答錯了麼？我想每一個人都會這樣回答。」

（但丁只是發出了「哼」的一聲，沒有進一步的反應。）

「在我回答了之後，那聲音又停了片刻，每當聲音停止之際，光環的旋轉就急速。然後，那聲音又道：『你可以得到很多珍寶，你可以根據寶藏的地圖，去找尋那些藏起來的珍寶。』我全然不知道那聲音這樣說是什麼意思。當時我只是想，或許那是真神在指點我，可以使我得到什麼珍藏，可是真神所說的『寶藏地圖』在什麼地方呢？

「正當我在這樣想之際，自光環之中。又射出了一股光線來，射向那個有鬍子的侍衛手上，光線一射了過去，在那侍衛手中的那隻盒子，陡然之間，跳了起來，落在我的面前。

「孩子，你切切不可以為我接下去所說的話是胡言亂語，那全是我親身經歷的事實，不可思議的事實。

「盒子落在我面前之後，光線又繼續射向那盒子。怪事接着發生，那盒子打了開來。盒子打了開來之後，根本不是盒子……」

（但丁急切的聲音：「祖母，你要我相信你的話，你就必須把話說得合理一些。什麼叫盒子打開之後，就根本不是盒子，我不明白。」）

「孩子，你聽我解釋。盒子本來是一隻盒子，或者說，看起來，就是方方扁扁的一隻盒子。但是，當它一打開來之後，原來是連在一起的許多薄片，拉長成了一長條。難怪這盒子根本打不開，原來它並不是盒子，而是許多疊在一起的薄片，使得它看起來像是一隻盒子。」

（當中有一段時間，完全沒有聲音。）

「孩子，你明白了麼？」

（但丁的聲音：「我還不是很明白。祖母，如果這隻盒子還在，你拿出來給我看看，我就會明白。」）

「我會的，但不是現在，你如果還不是十分明白也不要緊，聽下去就好了。

「盒子變成了一長條，在光環光芒的照映下，我清楚地看到，在連成了一長條的金片上，有着地形圖，地形圖的中心，是一個圓點。

「當時我還不知道那是什麼意思。那聲音又叫了起來：『照着這地圖去找，你會找到大批珍寶。不過你別取太多，珍寶和你們的生命，好像有一種極其神奇的關係。你們每一個人都想得到它，但是當有了太多的時候，反而會惹來禍事。』

「我那時，也沒有心緒去仔細想那幾句的含意，只是又膜拜了起來：『謝謝真神的指點。我虔誠的信仰，有了結果。』那聲音卻道：『我們不是你心目中的真神，你弄錯了！』我在錯愕間，一抬頭，看到自出現之後，就一直懸在我面前的那個光環，閃了一閃，陡然之間，消失不見。

「眼前一陣漆黑。我呆了極短的時間，就撲向前去，將那一長條金片，抓在手中，將它們又疊了起來，成為一隻盒子模樣，也不再理會那兩個侍衛是死是活，就一直向前奔了出去。

「一直到了第二天天明，我才找了一處隱僻的所在，再把那一疊金片攤開來，仔細研究着上面的地形圖，地形圖上有一個湖，那個湖的形狀，我在地圖上見到過，我認得出是什麼湖。」

（但丁的聲音：「祖母，你在說什麼？那盒子是……祖父說它是蘇里曼一世時的東西，就算上面刻有地形圖，當時也沒有準確的測量，你無法一看到形狀就認出它是什麼湖。」）

「孩子，我不和你爭辯，總之，我一眼就認出了那是什麼湖。而那個圓點，就在那個湖的旁邊。於是，我就遵照真神的指示，向那個湖走去。儘管那聲音曾否認他是真神，但是我還是堅信，那是真神的指引，一路上歷盡了艱辛，來到那湖邊，在靠近那圓點的所在，徬徨了十天，也找不到什麼藏寶所在，一直到了第十天傍晚時分，在荒涼的湖邊，我看到了一連串鋪向前的石塊。

「那些石塊看來很整齊，向前伸展着。我一看，就覺得它們恰像那一條攤開來的金片。

「於是，我順着這些石塊向前走，來到了那一連串石塊的盡頭，在我面前，是一座石崖。石崖有一條十分狹窄的石縫。

「接下來的事就像神話一樣。我從這山縫中擠進去，一直向前擠，山縫愈來愈窄。

「等到我擠到筋疲力盡，連再進一步的氣力也沒有時，我就向前爬，用手和腳，向前爬，等到實在爬不動了，我伏在地上喘氣，突然有清新的風，吹向我臉。

「眼前一片漆黑，什麼也看不見，但是那股清涼的風卻告訴我，前面一定有出路。這使得我精神大振，又向前爬出了幾步，覺得四周圍空了許多。我仍然看不到任何東西，伏在地上喘息，掙扎着站了起來，向前走出了一步，被一件東西絆跌。我跌向地上，身子被許多硬而尖銳的東西，弄得極痛。

「我呻吟着，用手在地上撐着，手心着地時，地上仍然有許多硬而尖的東西。很奇怪，我當時立即就覺出，那些又尖又硬的東西，並不是小石塊，一定是寶石，是各種各樣的寶石。我喘着氣，抓了滿滿的兩把。我竟然傻得不知道將抓在手裏的東西放進袋裏，喃喃地向真神禱告，轉身向外走，由於走得太急，在石頭上撞了兩下，才找到了那條窄縫，向外擠。

「當我擠出了狹窄的山縫之後，天色早已全黑了。但是在星月的微光之下，我看到我兩手所抓着的，是兩團各種色彩交織而成的光團。各種各樣的鑽石、寶石，有的鑲成了一大串，有的沒有鑲過，滿滿的兩大把，我無法估計它們的價值……」

（老婦人的喘息聲，和但丁的聲音：「祖母，你說跌倒在地時，地上全是……珍寶？」）

「是的，我可以肯定，那裏面是一個山洞，我不知那山洞有多大，但是整個山洞的地上，一定散滿了各樣各樣的珍寶，我只是順手抓了兩把，孩子，那兩把珍寶，就是我們一直以來的生活的來源，是真神賜給我們的。」

（但丁的聲音有點發顫：「祖母，你沒有再進去？」）

「沒有，孩子，真神曾吩咐過我，不能多拿。雖然我曾在皇宮中生活了幾年，但是也從來未曾見過那麼多珍寶，我呆了不知道多久，才撕開了上衣，將那些珍寶，包了起來。

「轉身向那個山縫望去，回想着山洞中的情形，就在這時，我突然感到整個大地，都在震動，隆然作響。當時，我曾起了貪念，想再進那山洞，取更多的珍寶。我知道，一定是我的貪念觸怒了天神，要降禍於我。我嚇得忙俯伏在地上，不住叫喚着真神的名字，求真神原諒我。

「震動立即停止，在震動發生的時候，真像是世界末日。震動停止，我又俯伏了好久，才抬起頭來。我是對準了那個山縫的，所以，一抬起頭來，我就看到，那個狹窄的山縫，已經被許多大大小小的石塊塞滿。那些石塊，自然是震動跌下來的。

「我呆了一會，才開始離開。路途艱難。雖然我滿懷珠寶，但是在那種窮鄉僻壤的地方，珠寶的價值，還不如一塊餅乾和一碗羊奶。

「好不容易，我到了保加利亞，得到了保加利亞皇室的收留，生下你的父親。

「再接下來的事，你也全知道的了。孩子，這就我要對你講的事。」

（沉默了一會，是但丁的聲音：「祖母，你說我需要一個同伴，那是什麼意思？」）

「這，你還不明白？那山洞中滿是珍寶，我相信那是鄂斯曼王朝全盛時期，蘇里曼一世收藏起來的寶物。孩子，你是鄂斯曼王朝的唯一傳人，山洞中的珍寶，全應該歸你所有。」

（但丁的聲音：「是，我仍然不明白，可靠的同伴有什麼用。」）

「唉，孩子，進山洞去的那個狹縫，已經塞滿了大小石塊，決不是你一個人的力量可以弄開。如果只是你一個人去，那太困難，也太危險，可能送了性命，而如果有太多的人幫你，一進山洞之後，人會因為滿洞的珍寶而發狂。所以，你必須有幫手，只能是一個，不能多。這個人，要真誠、忠實，又要能應付一切非常事故。這樣的同伴不好找，當你找到了這樣的一個人之後，我就會將那盒子給你，不然，我寧願那些珠寶，永遠埋在那個山洞之中。

「或許你會問，要是你還沒有找到這樣的伙伴，我就死了呢？

「如果情形是這樣的話，那麼，就讓那些珍寶，永遠藏在那山洞之中吧。

「你的父親死得早，沒有機會找到這樣可靠的伙伴，現在，就靠你了。」

（一陣欷歔嘆息聲。）

（錄音帶到這裏結束了。）

第八部

「他們」的問題

當聽完了錄音帶之後，令我呆住了的，倒不是什麼蘇里曼一世的寶藏，而是那種奇幻現象：一個光環，有光線從光環中射出來。

這種情形，和青木敘述他在「天國號」甲板上看到的情形一樣！雖然出現在「天國號」甲板上的光環，據青木的敘述，極大，但卻可以肯定是同類的東西。

而更玄妙的是，但丁祖母當時聽到那個聲音，所發出的那些問題。那些問題，乍一聽來，全然沒有意義。那聲音像是正在急切地找尋人類的靈魂，所以才會發出那樣的問題。

這真是奇幻不可思議之極，什麼人在尋找人的靈魂？

我怔怔地坐着。但丁一直在等我先開口，可是我實在不知道說什麼才好，我只是發出了一下奇異而模糊的聲音。

但丁道：「衛先生，你就是我選定的伙伴。」

我吸了一口氣：「非常感謝你看得起我。」

但丁道：「你相信我祖母所說的整件事？」

我想了一下，如果不是我先聽青木提起過那個光環，我可能認為這一切，全是一個老婦人的幻想，但如今我不會那樣想。

所以我道：「沒有理由不相信。」

但丁的神情極興奮，站了起來，揮着手：「你和我一起去見我祖母，我們可以到那個地方去，把比所羅門王寶藏更豐富的寶藏發掘出來。」

我也站了起來，不論怎樣，和當年曾有那樣奇異遭遇的一位老婦人見見面，也是很有趣的事。可是如今我實在沒有時間到瑞士去。

我略為猶豫了一下，但丁就急急地道：「如今我隨身帶着的珍寶，就是我祖母當年在那山洞中，在黑暗之中，順手抓了兩把抓來的。」我嘆了一聲：「但丁，我相信你選擇我做你的伙伴，就是你知道我並不是任何珠寶能打動的人。」

但丁的臉紅了一紅，立即正色道：「是的，衞先生，我相信你高尚的人格，請原諒我剛才的話。但是我實在十分急切，祖母的年紀大了，健康又不好，萬一她……」

他講到這裏，頓了一頓：「我對寶石十分在乎。或者很難解釋，我不在乎它們的價值，而是我愛它們，我對寶石有一種天然的愛，在我的心目中，它們不單是礦物，簡直有生命！」

我笑道：「人的靈魂就在寶石中？」

但丁聽了之後，呆了一呆：「什麼意思？」

我揮了揮手：「沒有意思，忘記它算了。但丁，在紐約，我有點事……」

但丁道：「什麼事？我們立刻起程到瑞士去！」

我忙道：「我必須處理了先發生的事……」

我講到這裏，陡然停了下來。剎那之間，我心中像閃電一樣，掠過一個念頭。

我在那一剎間想到的是，但丁祖母的故事，和青木的故事，有某些相同之處，假設它們之間，有某種聯繫。而青木之所以講「天國號」的故事給我聽，是由於喬森的授意。金特又曾將喬森的「精神困擾」和「天國號」聯在一起，那麼，是不是目前發生在喬森身上的事，也和但丁祖母所敘述的有聯繫呢？

甲事和乙事有關，乙事又和丙事有關，照最簡單的幾何定理來推論。也可以知道甲事和丙事有關聯。

看來全然是風馬牛不相及的三件事，可能有聯繫！

這三件事，從表面上看來，全然不相關。

第一件：一個保險公司的安全主任，基於不明的原因，行動怪異，語無倫次，顯然受着嚴重的精神困擾。

第二件：一個自稱曾在一艘無任何記錄可以追尋，全體官兵都已神秘死亡的軍艦上服過役的日本海軍軍官。

第三件則是一個老婦人講的故事，這個老婦人曾是土耳其皇宮中的宮女。

不但時間不同，而且地點、人物也不同，三件事主要聯繫是什麼？

我感到自己捕捉到了一個開端，極想再捕捉多一點，所以緊蹙着眉頭，思索着。

但丁以為我是在思索是不是答應去，神態顯得很焦急。我也知道我在未曾和喬森進一步交談之前，不可能有什麼結果，是以我道：「但丁，我答應到瑞士去，但是不是能在後天就動身，我不能肯定。」

但丁用力搓着雙手，苦笑道：「那也沒有別的辦法，盡快好了。我怎樣和你聯絡？」

我道：「我會一直住在這裏。」

但丁道：「好，我每天和你聯絡。」他說着，指了指他腰際的皮帶：「這裏是十二顆出類拔萃的寶石，不論將來的事情怎麼樣，你都可以先選擇六顆，作為一個紀念。」

我對他的慷慨，十分感激，而那些寶石，也的確誘人之極，以致令得我聽到了之後，也不由自主，起了一種想吞嚥口水之感。

但是我還是道：「謝謝你，真的，很謝謝你，我想我還是暫時不選擇，等到進了那個山洞之後，學你的祖母那樣，閉着眼睛隨便抓兩把！」

但丁笑了起來，神情極其滿意，而且一副一口答應的樣子。

看到他這樣的神情，我也不禁覺得好笑，因為他好像是那個山洞中珍寶的法定主人。

但丁道：「好，那我告辭了。」

他向門口走去，在門口停了一停：「喬森還沒有來，他好像並不守時？」

我早已在暗暗發急，皺了皺眉：「真的，不知道發生了什麼事。」

但丁沒有再說什麼，走了出去。

我在但丁走了之後，又打了幾個電話，查問喬森的下落，沒有結果。我覺得至少要到金特那裏去走一遭。離開了房間，先到大堂留了話，要職員告訴喬森（如果他來了的話），我到金特那裏去，很快回來，請他務必在酒店等我。

我才走出酒店的大門，就看到青木站在一根電燈柱下，樣子很瑟縮。青木離開的時候，曾對我說過，他會在酒店門口等喬森，真想不到他一直等到現在。

我想起了金特曾提及過「天國號」的事，心中一動：「青木，我要去見一個人，知道『天國號』的事。」

青木震動了一下，瞪大眼睛望着我。我又道：「這個人的名字叫金特，十分神秘，你要不要和我一起去見他？」

這時，恰好有一輛計程車經過，我招停了車，打開車門，讓青木先上車。青木沒有再猶豫，上了車，我和他坐在一起。

青木在沉思，在車中，他一直沒有開口，直到車子停下，他才道：「不會的，不會再有人知道『天國號』的事。」

我沒有理會他的自言自語，和他一起下車，兩個司閽還認得我，忙打開了門。

電梯停下，我和青木走了出來，青木在那個放在川堂的佛像前，雙手合十，口唇在顫抖着，我走向那兩扇橡木門，和首次來的時候一樣，才一來到門前，門就打了開來。那自然是司閽通知了金特，他有客人來。金特就打開了電源控制的門。

我和青木走了進去，書房的門也打開，金特自一張轉椅中，轉過身子來。

他才轉過身子時，臉上的神情，是絕不歡迎有人打擾的神氣，可是當他看到青木之後，神情立刻變得訝異絕倫，竟然從椅子上，一下子站了起來。

我不知道何以青木會受到金特這個怪人這樣的厚道。因為我見他幾次，他就未曾對我這樣客氣過。

他一站了起來之後，伸手指向青木：「你……」

他不喜歡講話，所以只講了一個「你」字就住了口，等人家接下去。

青木瞠目不知所對，我又是好氣，又是好笑。

青木既然是我帶來的，我自然要作介紹，我指着青木道：「這位是青木歸一先生，以前的日本海軍軍官。」

金特吞了一口口水，盯着青木，雙眼之中的那種光采，看來令人害怕，青木也明顯地感覺到了，所以他不由自主，向後退了一步。

金特一直盯着青木，好一會，才道：「天國號的？」

（在這裏，我要作一個說明。金特真是不喜歡講話，他所說的話，都是簡單之極的幾個字，如果不是曾和他有過多次交談的經驗，是根本聽不懂他的話的。像這時，他問青木的話，實際上，他只講了「天國號」三個字，而在尾音上略為拖長，表示這是一個問題。以後，遇有他說話的場合，我都會再加上幾個簡單的字，使他的話容易明白，而不記述他原來所說的更簡單的用語。）

金特說話的聲音並不是太大，可是這一句話，給予青木歸一的震動，無可比擬，他陡然之間，失去了支持身體直立的力量，搖晃着，張大了口，面色青白。我未曾來得及趕過去扶住他，他已經跌坐在一張椅子上。

青木跌坐在椅子上，大口喘着氣，然後，在不到三秒鐘的時間內，陡然發出了一聲呼叫聲，又直立了起來，伸手指着金特：「你……你怎麼知道？」

金特的口唇掀動了一下，想講什麼，但是卻沒有講出來，轉過頭去，像是不願意再討論這個問題。

青木見他沒有回答，神情變得十分激動，連聲音聽來也顯得嘶啞，叫：「你怎麼知道？」

金特皺了皺眉，看來像是對青木這種起碼的禮貌也沒有的逼問，感到了厭惡，他仍然不出聲。

青木的臉色，由白而紅，看來要和金特作進一步的逼問。我忙向他作了一個手勢，轉向金特：「由於青木先生昔年的經歷，十分怪異，所以他對於你一下子就知道了他曾在天國號上服役，表示驚訝，想知道你從何得知。」

金特揮了一下手，道：「有人告訴我的。」

青木氣咻咻地問：「誰？誰告訴你的？」

金特又向青木望來，忽然現出了一副深切同情，搖了搖頭。青木顯得極不耐煩，本來青木一直很有禮，這時焦急得大失常態。

金特道：「你不會知道，他們告訴了我一切。」

我和青木異口同聲：「他們？他們是誰？」

金特深深吸了一口氣，緊抿着嘴。在接下來的幾分鐘之內，我和青木，不斷向他發出問題，可是金特始終堅持着這個姿態不變。像是下定了決心，縱使有人撬開他的嘴，他也不會再說什麼。

青木愈來愈焦躁，我向青木作了一個手勢，示意他一切由我來應付。然後，我向金特道：「好，我們不再討論天國號，雖然事實上，天國號的事，還有許多是你不知道的……」

我講到這裏，用手直指着金特：「他們，並不是如你想像那樣，告訴了你一切。」

我這樣說，完全是一種取巧的手段。

我根本不知道是誰告訴了金特關於天國號的事，也不知道告訴金特的人，究竟說了多少。

從邏輯上來說，青木是天國號上唯一的生還者，當時他親身經歷了一切怪異的事，他所知道的一定比任何人更多，我這樣說會引起金特的好奇。果然，當我這樣說了之後，金特怔了一怔，想問什麼而又不知如何問才好。

我心中自慶得計，裝着真的不再討論天國號事件：「真對不起，我來看你，是為了喬森。」

金特揚了揚眉，代替了詢問，我道：「我和他有約，可是他一直未曾出現，你知道在什麼地方可以找到他？」

金特吸了一口氣，看來正在思索着，但是過了一會，他卻搖了搖頭。

青木仍然是一副焦急的神情。我一看到金特搖頭，就道：「那麼，請原諒我的打擾，告辭了。」

說着，我已拉着青木，向門口走去。青木老大不願，硬被我拖走。到了門口，金特終於開了金口：「等！」

我緩緩地吁了一口氣，站定了身子，並不轉過身，只是向青木眨了兩下眼睛。

又過了片刻，才又聽得金特道：「告訴我。」

一聽得他這樣說，我又好氣又好笑，疾轉過身來：「最好你是皇帝，人家問你的事，你只是搖頭，你要問人家的事，就告訴你。」

金特眨着眼，我道：「你要知道全部詳細的經過，青木先生可以告訴你，但是你必須先告訴我們，天國號的事，誰告訴你的。」

金特考慮了一下，點頭，表示同意。

青木不等我開口，已急不及待地問：「是誰？」

金特道：「他們。」

我和青木都呆了一呆，這算是什麼回答？這傢伙，就算再不喜歡講話，也不能這樣回答就算數。

我和青木齊聲説道：「他們是誰？」

金特現出十分為難的神色，不知道該如何講才好。過了好一會，他總算又開了口：「他們，就是他們。」

我忍住了怒意，直來到他的身前，用手指點着他的胸口：「聽着，如果你想知道進一步的詳情，就爽爽快快說出來。」

金特居然憤怒了起來：「他們，就是他們。」他這樣說的時候，雙手作了一個我看不懂的怪異手勢。他在這時，做這個手勢，顯然是為了說明「他們」是什麼人。可是我卻完全看不懂他做這樣的手勢，是代表了什麼。

他的雙手高舉着，比着一個圓圈形，忽大忽小。這算是什麼呢？

我瞪着眼，他雙手比着的圓圈愈來愈大，直到他的雙臂完全張開，然後，又縮小，到他的手指互相可以碰得到，在這時候，他又道：「他們。」

我真想重重給他一拳，因為我實在無法明白，他這樣解釋「他們」，究竟是什麼意思。

可是在這時，我忽然聽得在我身邊的青木，發出了一下呻吟聲，我忙轉頭向青木看去，不禁呆住了。

青木仰着頭，也高舉着雙手，在做和金特所做的手勢。他也雙手比着圓圈，所不同的是，他比的圓圈，是他手臂可以伸展的最大極限了。

同時，青木也在道：「他們？」

我心中真是生氣，金特一個人莫名其妙還不夠，又加上青木，我正想責叱他們，可是在那一霎間，我腦際閃電也似想起一件事來。我也不由自主，學着青木，雙臂高舉，雙手比着圓圈：「他們？」

我學着他們這樣做，是因為突然想到了青木的叙述，也想到了但丁祖母的叙述。

他們兩人的叙述中，都提到了一個「光環」，雖然大小不同，但總是一個圓形的光環。

青木比我先一步明白了金特的手勢，金特雙手在比着的，在青木看來，是一個光環。所以他也跟比着。而他見過的那個光環十分巨大，所以他的雙臂，也在盡量張開。

當我明白了這一點之後，我自然也比着同樣的手勢，而且問：「你説的他們，是一個光環？」

金特鬆了一口氣，點了點頭。

這時，我心中的疑惑，也達到了頂點。在但丁祖母的敘述中，這位老婦人說，她曾聽到一種極其柔和的聲音，發自光環。那麼，光環若也曾向金特「說」了些什麼，「告訴」了他一些事，雖然怪誕，倒還不是絕對不可想像。

可是，金特將那光環稱為「他們」，這就真有點匪夷所思。

我仍然比着手勢：「那種光環，你為什麼稱它為他們？那是什麼東西？」

金特仍然很固執地回答道：「他們。」

青木已在急速地喘着氣，我再問：「他們？是人？會講話，告訴過你天國號上的事？」

金特搖着頭：「他們，就是他們。」

我悶哼了一聲，放下手來：「他們告訴過你一些什麼？」

金特道：「沒有找到。」

我真的發起怒來：「什麼沒有找到？他們在找尋什麼？」

金特的聲音變得很低沉：「找他們要找的。」

青木忽然道：「他們就是他們！我明白了！」

我竭力使自己不發怒：「青木先生，同樣的話，我不明白，你明白了，這說明在你的經歷中，有一些事，你隱瞞了沒有對我說。」

同樣的情形下，青木懂了的事，而我不懂，只有兩個可能。一個可能就是我對青木的指責，另一個可能就是我比青木笨。

我當然選擇前一個可能。

青木現出十分慚愧的神情，低下頭，一聲不出。這證明了我的指責，我立時理直氣壯，大聲道：「我以為你什麼都對我說了。」

青木的神情極內疚：「……我只保留了一點點……真只是一點點，連喬森先生，我也沒有對他說起過，請原諒，請原諒。」

我「哼」地一聲：「那麼，現在你就告訴我，隱瞞的是什麼？」

青木神情猶豫，我用嚴厲的眼光瞪着他：「要是不說，我們就當沒有認識過。」

青木張大了口，我一看他這種神情，就知道他準備說了，可是就在這時，平時三拳也打不出一個悶屁來的金特開了口：「可以不說。」

青木一聽，張大了的口，立時閉上。

我心中真是惱怒之極，可是看起來，再加壓力也沒有用。在惱怒之餘，我連聲冷笑：「那光環，其實也沒有什麼神秘，不過會射出一種光線殺人之外，還會講話而已。」

我這樣說，全然是為了表示，我所知的並不比他們來得少。想不到我話一出口，青木和金特一起發出了「啊」一下驚嘆聲來。

他們一定是極其吃驚，所以反應都大失常態，應該講話的青木，驚愕得發不出聲來。而不應該講話的金特，居然立即問：「你也遇到過？」

我心中暗罵了一聲「見鬼」，我才沒有遇見過這樣的光環，但是我聽過老婦人敘述她遇見光環時的情形。

這時，我也知道，只有我表示我也遇見過，使他們感到我是和他們有着同樣的經歷，他們才不會對我有所隱瞞。所以我立時道：「當然。」

金特吸了一口氣：「説謊。」

我有點老羞成怒，道：「為什麼要説謊，那光環，懸在半空，會大會小，發出聲音，還會急速旋轉，發出來的聲音，十分柔和！」

青木又發出了一下呻吟聲，雙手抱着頭，坐了下來。金特卻盯着我。我已經將但丁祖母所説的情形，全都搬了出來，心中當然有恃無恐，可是金特仍然搖着頭：「撒謊。」

我怒道：「遇上一個這樣的光環，有什麼了不起？」

金特道：「如果你遇到過，他們是他們，你就懂。」

我當真有點啼笑皆非，「他們是他們」，這句話我真的沒有法子懂，但是我也絕不投降，我道：「我當然懂，只不過想弄清楚一些。」

金特一點也不肯放過我：「他們向你問了什麼問題？」

我沒有見過那種光環。

但是既然假充了，只好充下去，我想起了但丁祖母的敘述，連考慮也不考慮：「什麼問題？哼，無聊得很，他們問到了靈魂，問靈魂在哪裏。」

金特的面色變了一變，後退了一步，神情仍然是充滿了疑惑，可是至少他不能指責我說謊。在這時候，青木突然叫了起來：「是的，同樣的問題，我不知道靈魂在哪裏，可能我……我們，根本沒有靈魂。」

我向青木望去，青木站了起來，團團轉着，轉了十來下，才停了下來。

他望着我：「我……的確瞞了一些事沒有說。」

我作了一個「請現在說」的手勢，青木道：「那是……那是當天國號發生了爆炸之後，我在救生艇上，所發生的事。」

我仍然不出聲，以免打斷他的敘述。

青木的神情很苦澀：「那時，我在驚濤駭浪之中，心中的驚異，至於極點。就在那時候，眼前一亮，那光環忽然又出現，就在我的面前，看來雖然小得多，但是我知道那是同樣的光環，它們一樣。」

他說着，又用手比了比出現在他面前的光環的大小，大約是直徑五十公分的樣子。

青木說：「這光環一出現，像是有一股奇異的力量，令得本來在波浪中快要傾覆的救生艇，變得平穩。這個光環的一種神奇力量救了我。不然，我一定葬身在大海之中了。」

我悶哼一聲：「你告訴過我，你的經歷是上了救生艇之後，眼看着天國號的沉沒，然後你就漂流到了一個小島上，找到一些美軍遺留下來的補給品。」

青木漲紅了臉：「我的確漂流了兩天，到了那個小島上，我寧願那個光環沒有救我。」

我有點詫異：「為什麼？」

青木的神情變得更苦澀：「在海上漂流的那兩天中，那光環一直跟着我。」

我剛想說那有什麼不好，這個光環既然有那樣奇異的力量，可以保證你在大海漂流時不遇險，它一直跟着你，不是很好麼？

可是我的話題還未出口，突然聽得金特在一旁，發出一下呻吟聲。

我轉頭向金特望了一眼，只見這個怪人，十分苦惱困擾，同時，帶有幾分同情地望着青木；像是他很了解青木在那兩天海上漂流時所遭遇的痛苦。

我看到了這種情形，心中動了一動，又向青木望去。青木吁了一口氣：「其實，也沒有什麼重要的事，我在對喬森先生，對你講述過去事情之際，略去了不說，實在是因為那……些經過並不重要。」

我冷笑道：「你口裏說不重要，但是照我看來，你卻一直放在心上，而且，覺得很困擾。」

青木再度低下頭去，長嘆一聲：「是的，你說得對，我真的很困擾。我本來可以成為一個十分優秀的工程師，但是在我又回到日本之後，多少有點自暴自棄，就是因為，因為……」

青木講到這裏，不知如何講下去才好，臉上一片迷惘之色。這種神情，絕不是假裝出來的，證明在他心中，真有着不可解決的難題。

青木的口唇顫動着，並沒有發出聲音。這時，金特突然説道：「因為你自己知道，你根本沒有靈魂。」

青木陡地震動了一下，我也陡地震動了一下。

我心中剎那之間所想到的是：金特和青木，只是第一次見面，他怎麼知道青木深藏在心底，連喬森都不肯講的困擾？

一時之間，不知道該説什麼才好，青木卻立時有了反應，他顯得十分狼狽，十足是有一件不可告人的隱私，突然之間被人揭穿了一樣。

在狼狽中，青木老羞成怒，漲紅了臉，大聲道：「是的，我沒有，你有麼？」

這一切，從金特突然開口，到青木憤然的反應，接連發生，其間幾乎沒有間歇。我聽了青木的責問，感到了更大的震動。

青木責問金特的話，我聽來一點也不陌生，喬森的「夢話」，就是同樣的兩句話。

剎那之間，在雜亂無章中，我已經找到了一個頭緒，但是我的思緒還是很亂，我在不斷地問自己：怎麼一回事？究竟是怎麼一回事？

我迅速轉念，注意力高度集中，所以在身邊的聲音，感覺上，像是從很遠的地方傳來。

不過，我還是斷斷續續，可以聽到他們的交談。

金特在說：「是的，我也沒有，我們全都沒有。」

青木的聲音有點接近悲鳴：「為什麼會沒有？應該有的，我們全是人，人有靈魂，一定有，一定有！」

金特在說：「有？在哪裏？」

青木的聲音更接近悲鳴：「我要是知道，早就告訴他們了。」

金特說道：「如果有，一定知道。」

青木很固執：「一定有，只是我不知道在哪裏。」

金特沒有再說什麼，而青木則一直說着，他下面的話，我也沒有留意去聽，大抵還是重複着那幾句話。在他們交談時，我迅速的思考，已經有了一定的結果，我揮着手，大聲說道：「聽我說。」

在我叫了一聲之後，青木也住了口，和金特一起向我望了過來。

我已經有了一定的概念，我就根據自己得到的結論，發出問題。

我首先問：「誰在尋找人的靈魂？」

從青木的叙述，青木的話，喬森的話，甚至但丁祖母的叙述中，我已經可以肯定一件事，那便是：有人在千方百計搜尋人的靈魂。

靈魂的搜尋者，似乎問過很多人：「你的靈魂在哪裏」，或者「你有沒有靈魂」。青木被問過，但丁的祖母被問過，金特也可能被問過，喬森被問過。

所以，我要問金特和青木，究竟靈魂的搜索者是什麼人，他們都遇到過，應該回答得出來。

當我的問題一出口之際，金特現出木然的神色來，青木苦笑了一下：「就是他們。」

我追問道：「他們是誰？就是那個光環？自始自終，就是那個光環？」

青木點了點頭。我冷笑道：「你自己想想，那像話麼？光環只是一個光環，不是生物，怎麼會來搜索人類的靈魂？」

青木喃喃地道：「就是一個光環，一個奇妙而且具有神秘力量的光環。」

我還想再追問，因為我認為青木極可能還有別的事瞞着未說。但在這時候，金特卻開口：「你對生物知道多少？」

我呆了一呆，金特的這句話，分明針對「光環不是生物」而發。

這個問題，我一時之間，也的確答不上來。我對生物知道多少？生物常識，我有，對地球上的生物，我或者可以誇口說：知道很多，但是地球以外的生物呢？

外星生物的生命形態是怎樣的？形狀是怎樣的？我半點也答不上來。

縱使我心中大大不服，但是我不得不承認，我是被金特的這個問題問倒了。所以，在呆了一呆之後，我道：「一種生物的形態，是一個光環，這無論如何，太古怪了。」

金特長嘆了一聲：「為什麼非是生物不可？」

我又怔呆了，不明白金特的意思。但是，我卻也隱隱感到，在金特的問題中，有極其深奧的道理在。

金特的問題，乍一聽，不合邏輯。

「為什麼非是生物不可？」

第九部

生命和反生命

一些東西，不管它是什麼東西，如果不斷向人發出問題，又能用行動達到某些目的，又在為某些目的而活動，例如搜尋人的靈魂，那麼，在概念上，當然，應該是生物，就算他的形態再怪異和不可思議，他也應該是生物，不應該是別的。

我在仔細想了一下之後，就將以上的一番話，講了出來，作為對金特這個問題的答覆。

金特望着我，他不喜歡多説話，可是眼前的事，卻又不是簡單的語言所能解決，他也知道這一點，所以在開口之前，神情有一種無可奈何的痛苦。

然後，他開口：「在概念上，你在概念上，只能這樣設想。」我自然不服：「那麼，在你的概念上，如何設想？」

金特吸了一口氣：「你未曾接觸過『反物質』概念？」

我皺着眉。我聽説過「反物質」，那是一些尖端科學家提出來的，理論十分深奧，作為一個普通人，對這種概念的理解，不可能太深入。

事實上，即使是提出這種概念的科學家，自己也還在摸索的階段。有一段對話，我聽人說起過，可以作為「反物質」概念的註腳。對話的雙方，一方是提出這概念來的科學家，另一方是質難者。

科學家：物質的存在，大家都知道。有物質，一定有反物質。

質難者：科學重實踐，你提出有反物質的存在，那只是一種假設，要等找到了反物質，才可肯定。

科學家：既然是反物質，「存在」這種字眼就不適用，反物質，根本不是一種存在，當然更不能用「找到」這個詞，要是能找得出來，供我們研究，那就是物質了。

質難者：哈哈，那算是什麼？看不見，摸不着，找不到，甚至不存在，那算是什麼？

科學家：一點也不好笑，那就是反物質。

這段斷話，對於了解「反物質」，其實並沒有什麼幫助。但是對於「反物質」概念的建立，卻有一定的作用。

我不知道金特在這時，忽然提出了這個還只是被某些尖端科學家提出來的一個概念，有什麼作用。所以我問道：「稍為接觸過一點，反物質，那和我們現在討論的問題，有什麼關係？」

金特用十分緩慢的語調道：「物質，反物質；生命，反生命！」

我望着金特，金特居然破例，將這十個字，又重複了一遍。我深深吸了一口氣。真的，我不是十分明白。物質和反物質的概念，已經是如此虛無縹緲，不可捉摸，何況是生命和反生命。

我在遲疑了片刻之後，才又問道：「反生命，是什麼意思？」

金特道：「就是一切和生命全部相反。」

我再試探着問道：「你是指那個光環，那是反生命的……現象？」

金特點了點頭，表示我說對了，我只好苦笑。老實說，我實在莫名其妙。

反生命！什麼叫反生命呢？反生命是什麼東西？錯了，反生命當然不是

「東西」，甚至不是一種存在，只是一種現象。用「現象」這個字眼，可能也不恰當。或者，人類的語言之中，根本沒有一種詞彙可以形容反生命或反物質，因為人類的語言，全是為物質或生命而創設的。

金特表示那光環，是一種「反生命」現象，這又是什麼意思？

我盡量使自己的思緒不那麼紊亂，再道：「是生命也好，反生命也好，那光環，總會有一種行動，它會發出一種光線來，這種光線可以做很多事，包括殺人在內！」

金特皺着眉，對我的話，不置可否。

我繼續道：「這個光環，還會發出聲音，逼問人的靈魂在何處。」

金特卻搖頭，我剛想反駁，他已經道：「不是它在問，而是它使你感到它在問。」

我「哼」地一聲：「那有什麼不同？」

金特道：「不同。」

我先想了一想，想起但丁祖母的敘述，那兩個護送她的侍衛，在光環之前，曾大聲叫嚷，但當時但丁祖母，卻並沒有聽到什麼聲音，那的確不同，那光環可以使人感到它在發問。

這一點，倒還比較容易理解，如果那光環有一種力量，可以直接影響人腦部活動，那麼，它就可以使人感到自己聽到了某種聲音，那是聽神經的作用。

我同意了金特的話：「好，有不同。但無論怎樣，他們——那種光環的目的，是在搜尋靈魂，人的靈魂，對不對？」

金特道：「看來是這樣。」

他講了這句話之後，頓了一頓，忽然又主動講了一句：「我們，從人有思想開始，一直在尋找自己的靈魂。」

金特這兩句話，聽來很玄。但是想深一層，倒也大有道理。任何人，在一生之中，都會有找尋自己靈魂的想法。每一個人，都以為自己有靈魂，可是自己的靈魂在哪裏呢？

我感到有點明白金特所說的話的含義了，我道：「靈魂，就是反生命？」

金特攤着手，說道：「不知道。」

我知道，再和金特談下去，也不會有什麼結果，金特回答「不知道」，那自然是他真的不知道，因為他也是人，是一種生命形式的存在，無法作生命形式之外的任何突破。而反生命，全然是另外一種形式，是任何以生命形式作存在的人，所無法觸及的現象。

我想了一會之後，轉頭向青木望去，青木也搖着頭：「我也不知道，我根本不知道什麼叫反物質、反生命，我只是回答不出那個問題。」

我來回走了幾步，坐了下來：「有一種現象，正在搜尋人的靈魂？」

金特點了點頭。

我苦笑了一下：「真奇怪，他們為什麼會對人的靈魂發生興趣。」

金特說道：「你可以直接問他們。」

我有點惱怒：「他們在哪裏？」

金特的雙眼，看起來有點發呆，這顯然又是一個他所回答不出的問題。

我又悶哼了一聲：「好了，這一切全不再去理會它。如今，喬森所受的困擾，是不是也來自那個光環？」

金特想了一會：「可能是。」

我提高了聲音：「你應該知道得很清楚。是，或者不是。什麼叫『可能』？你曾建議他用天國號上的事來作為回答。而你，顯然也被那光環問過同樣的問題？」

金特這次，回答得很乾脆：「是。」

到這時，總算有了極大的收穫。我不但知道了喬森精神困擾是怎麼一回事，也把兩件看來毫不相干的事，結合了起來，知道了有那個神秘光環的存在——我不願用「反生命」這個詞，這太難以令人理解了，一個光環的存在，比較容易明白。

同時，我也知道了這個光環，正一直在做着一件事：搜尋人類的靈魂。

附帶説一句，十分有趣的是，這個神秘光環搜尋人類靈魂的方法，十分幼稚。但丁祖母説「靈魂被魔鬼收買去了」，光環就追問是不是有收買靈魂的魔鬼，光環又以為人的靈魂，是在珍寶之中。人的靈魂被珍寶吸了去，被金錢買了去，這只不過是一種「説法」，並不是真有這樣的事。

這種「説法」，在人類語言之中，流傳了不知道多久，而那個神秘光環，居然根據這種「説法」，真想把人的靈魂找出來，幼稚可笑得很！

這個神秘光環，如今喬森正在受着它的困擾，只要找到喬森，就可以見到這個光環。

我不在乎被這個神秘光環困擾，很希望能見到它。它不過問我靈魂在哪裏，我可以簡單地回答不知道，然而，在對答之間，我卻可以弄清楚它的來龍去脈。

我站了起來，向金特道：「很多謝你的啟示，我會去找喬森。青木先生，我們該告辭了。」青木站了起來，我和他一起走了出去，金特並沒有説什麼。

我和青木在離開了金特的住所之後，進了電梯。

當電梯開始向下降去之際，青木喃喃地道：「我不知道喬森先生……也遇見了那……種光環。」

我瞪了他一眼，青木這個人，窩窩囊囊，再加他敘述經歷，隱瞞了一段，很令人反感。聽了他的自言自語，我忍不住道：「困擾？自己找的。」

青木聽出我有責備的意思，低了頭，可是從他的神情看來，他對我的話，感到不服氣。我又道：「那個光環，動不動就殺人，我看一定是一種奇異的生命形式，侵入地球的異星生物。」

青木沒有表示什麼意見，電梯門打開，他默默地走了出去。離開那棟大廈之後，深夜的街頭上很寂靜。我們都不出聲，向前走着。

走了一段路之後，青木停了下來，道：「衛先生，如果再也找不到喬森先生？」

我嚇了一跳：「你這樣說，是什麼意思？」

青木雙手，又開始扭動他那頂破帽子，道：「我了解喬森先生，他是一個……一個……鍥而不捨的人，一定要追尋問題的答案，不像我……」

他言詞吞吞吐吐，令人冒火，我問道：「像你，又怎麼樣？」

青木的神情十分苦澀：「像我……在那種光環不斷追問之下，你知道，他們對於『不知道』這個答案並不滿意，會不斷追問下去，直到我向他們承認了……我根本沒有靈魂。」

青木的話，說到後來，聲音愈來愈低，像是在說着什麼見不得人的醜事。而且，還現出極其痛苦而又無可奈何的神情。

我感到十分奇怪：他對於自己是不是有靈魂，感到極端重視。而一般來說，除非是基於宗教上的理由。普通人對自己有沒有靈魂，並不覺得如何重要。

我望了他一會：「據我所知，喬森先生，也已經承認了自己沒有靈魂。他會在半夜大叫：『我沒有，你們有麼？』這證明他已經承認。」

青木依然十分痛苦：「不，那是喬森先生的負氣話，我恐怕他……他會盡一切可能，把自己的靈魂找出來，給他們看。」

青木的話，真可以說是荒唐到了極點。世界上任何人，不論他如何努力，只怕也絕對沒有法子可以把自己的靈魂找出來讓人家看看的。

聽了青木這種荒唐話，我真想哈哈大笑。青木卻又一本正經地說：「我不懂得什麼生命、反生命的道理。但是我想，靈魂如果是反生命，那麼，必須先突破生命——」

我是一直忍住笑，聽到這裏，我不再想笑，而代之以一種悚然。

青木的話，很有道理。

人對於「靈魂」的認識，一般來說，達到「生命」和「反生命」這種新概念的少，相信人死了之後，變成一種靈魂的多，這是很傳統而且固執的想法，甚至在邏輯上不是很講得通：靈魂若是存在，不管人活着或死了，都該存在。為什麼活的時候不存在，死了就存在呢？但是一般人都這樣相信。

青木這時擔心的是，喬森固執起來，是不是會去突破生命的形式，向那個神秘光環，展示他的「靈魂」？聽來很荒唐。不過，我相當了解喬森為人，知道並不是沒有可能。

我忙道：「快回酒店，看看他是不是已經去了？」

我一面說，一面急步向前奔着。到了前面街口，截停了一輛計程車，和青木一起上車。

喬森根本沒有來過。

他在一條陋巷中被人發現，已經死了。我再見到他，他在殮房中，已經經過了法醫的剖驗。

法醫剖驗他屍體的結果，對他致死的原因，也感到了吃驚，法醫的報告是：「此人死於大量飲酒，在酒中有三種以上的致命毒藥，再從至少十公尺以上的高處躍下而致死。」

那是我在見到金特三天之後的事。

在這一天，那個珠寶展覽會已成功地舉行。我當然沒有參加，只是在報上看大幅報道。

開幕那一天，冠蓋雲集，報道記述了一個「小插曲」，說是有一個怪人，在開幕典禮上，發表了一篇莫名其妙的演說，引起了一陣小小的騷動，結果這個怪人，雖然持有大會的正式請帖，但是還是被保安人員趕了出去。

有的報紙上，還刊有這個「怪人」的照片。我一看，就認出那個「怪人」是金特。

真是怪異，金特那麼不喜歡講話，卻跑到一個世界性的珠寶展覽會上去「發表演說」！

報上沒有記載金特講了什麼。我想知道，只要去問問但丁就可以，但是我忙於尋找喬森，也沒有和但丁見面。

我知道，但丁在開幕後的第二天，來找過我，但是我不在酒店。

我怕他要逼我去見他的祖母，所以雖然回了酒店之後，也不和他聯絡。

我在殮房中看到了喬森的屍體，心情沉重，難過之至地離開，一個法醫走過來：「剛才那具屍體，是你的朋友？」

我苦笑着，點了點頭。那法醫搖頭道：「他為什麼非死不可？從來也沒有人採取那麼堅決的方法來結束自己生命。」

我一直向外走去：「或許，他是為了追求反生命的出現。」

那法醫本來是一直跟在我的後面的，當他聽了我的話之後，陡然站定，我不必轉過頭去，也可以知道那法醫看着我的眼光，一定古怪之極。

我心情苦澀，自己一再重複着我剛才所說的那句話。「追求反生命的出現」，這樣說法是不是對？反生命既然是和生命完全相反，那麼，「出現」這樣的詞，當然不恰當。

喬森的死，給我打擊極大，思緒一片渾噩。

才走出殮房，就聽得一聲怪叫，青木正跌跌撞撞地向我奔了過來。

我在趕來殮房之前，曾和青木聯絡，叫他也來，他來遲了一些。我伸手扶住他。青木仍然在發出哭叫聲：「喬森先生，喬森先生……他……他……」

我嘆了一聲：「他死了，自殺。」

青木劇烈地發抖，我要用雙手重重地壓在他的肩頭上，好讓他不再抖下去。青木一面發抖，一面還在掙扎講話：「他……真的……是那樣……我已經料到，他會那樣。」

我苦笑了一下：「他的生命結束了，是不是生命結束，反生命就產生？」

青木雙手掩着臉：「我不知道，我不知道。」由於我和青木兩人的行動，十分怪異，所以有不少人在注意我們，我拉着青木，向前走着。漫無目的地向前走，全然沒有留意已經到了何處。

等到心境較為平靜，發覺我們來到了公園。我和青木在一張長椅上坐了下來，公園中沒有什麼人。坐定之後，我又嘆了一聲，心中又是難過，又是氣憤，恨恨地道：「那種光環，他其實是被那種光環殺死的。」

青木悶哼了一聲，沒有反應。我的情緒愈來愈激動，陡然之間，大聲叫了起來：「我有靈魂！你們在尋找靈魂？我有，可以給你們看，快來，我有靈魂，我有。」

喬森的死亡，使得我心情鬱悶，所以才這樣神經質地大叫。

青木因為我的失態，驚呆得站了起來，不知所措，我叫了兩遍，停了下來。喘着氣，又為我剛才的行為而感到幼稚可笑。

青木顯然知道我這樣高叫的用意，在我靜了下來之後，他低聲道：「如果他們找到了喬森先生的靈魂，應該滿足，不會再出現了。」

我腦中亂成了一片，「靈魂」不可捉摸，它究竟是什麼，世界上沒有人可以說得上來。有的人認為那是一組電波。但電波不是反物質，也不是反生命，靈魂和人類的知識、思想、言語，是全然不相干的一種現象，如果有存在，一定是存在於另一個空間之中。

我無法繼續想下去，只好雙手握着拳，深深地吸着氣：「你準備怎麼樣？」

青木想了一會：「當然只好回日本去。喬森先生給我的錢，還沒有用完。

唉，真是想不到，那麼好的一個人。」

青木說到這裏，又嗚咽起來。我取出了一張名片，又塞了一卷錢在他的口袋中：「希望日後，我們保持聯絡。如果……如果……你又遇上了那個光環，不論你在什麼地方，多麼困難，都要設法通知我。」

青木用力點着頭，表示他一定會做到這一點。我道：「你應該知道我的意思，那光環在搜尋靈魂，我要搜尋他們，看看究竟是什麼東西。」

青木的神情有點駭然，但還是點着頭。

我和青木一起向園外走去。一面走，一面在想，曾經見過那個光環的人，還活着的，據我所知，只有三個人：金特、但丁的祖母和青木。

其餘見過光環的人全死了，這三個人中，最神秘的是金特。金特和那種光環之間，好像保持着某種程度的聯繫。我如果要想那光環出現，弄清它是什麼東西，應該從金特那裏下手才是。

出了公園之後，我決定再去看看金特。我已經想好了對付金特的辦法，不論他多麼固執和不愛說話，就算是動粗，我也要逼他說出一切來。

可是，我一切的盤算，全落了空，在那棟大廈前，才一下車，司閽就迎了出來：「衛先生？金特先生已經搬走了。」

我陡地驚動了一下，一股氣被憋住了無處宣泄、極度苦悶。

那司閽又道：「他知道你會來找他，所以，有一封信和一包東西留給你。」

我忙問道：「他搬到哪裏去了？他住所裏東西很多，怎麼可能一下子就搬走了？」

那司閽一面取出一封信來給我，一面道：「他搬走已經兩天了，不知道他搬到哪裏去。」

我忍住心中的失望，接過信來，撕開，拉出信紙來。信上的字迹極潦草，乍一看，根本不能看得出那是什麼文字。

我定了定神，仔細看，才看出信居然是用中文寫的。我倒未曾想到金特的中文如此嫻熟。信的內容很簡單：「衛先生，我知道你一定會來找我，但是我卻不想和你再交談，因為那不會有結果。反生命不是尋常人所能理解。留給你的一包東西，是我所作的筆記的一部分，你如果有興趣，可以看看。最後，我要告訴你一點，我本人，畢生都在追尋人類的靈魂，至今為止，沒有結果。」

看了金特這樣的信，我只好苦笑，司闍又取出一個紙包來給我，我接了過來：也不知道那是什麼樣性質的筆記，但是猜想起來，多半和他搜索靈魂的經歷有關。給了司闍小費之後，和青木離開。

青木一直很憂傷，我也想不出什麼話來安慰他。我們又並肩步行了一程，他才說道：「我們該分手了。」

我和他握手，在分岔路口分了手。自顧自回酒店去，才一進酒店，就聽到但丁的聲音，在大叫我的名字。我抬頭向他看去，他已經急得全然不顧禮貌，向我奔過來，推開了兩個阻住他去路的胖女人，直衝到我的面前。

他一來到我的面前，就一把抓住了我的上衣，叫道：「我終於等着你了，你可知道我等了你多久？」

他一面叫着，一面還喘着氣。酒店大堂中所有人，都以極奇異的眼光，向我望來。我對在我身邊的一個老婦人道：「沒辦法，誰叫我欠他錢。」

那老婦人現出了一副愛莫能助的神情，搖着頭，走了開去。

但丁怒道：「你倒說得輕鬆，欠我錢？你欠我人。走，什麼都安排好了，上飛機場去。」

我叫了起來：「可是總得讓我回房間去收拾一下。」

但丁現出兇惡而又狡獪的神情來：「不必了，行李已替你收拾好，在車上了，快走吧。」

但丁說着，竟強推着我向外走去。我又好氣又好笑。這時，我自然可以輕而易舉地把他打倒，但是我卻並沒有這樣做。

他推着我，一直來到門口，才鬆開了我的衣服，揮了揮手。立時有一架大房車駛了過來，但丁直到這時，才恢復常態：「對不起，我真的急了，祖母的病很嚴重，我們一定要在她還沒有離去之前趕去看她。」

我怔了一怔，本來，我早已準備出些花樣，整治一下但丁，以懲罰他的無禮，例如到了飛機場突然溜走之類。但這時聽得他這樣說，可知他的焦急，並非沒有理由。我只好道：「你怎麼不早說？」

但丁惱怒道：「早說？對誰說去，你連影子都不見。」

我嘆了一聲，和他一起上車：「我不是故意躲你，我一直在找喬森。」

但丁揮手令司機開車，道：「快，盡快！」然後他轉過頭來問我：「找到了沒有？」

我答道：「找到了，在殮房。」

但丁陡然轉過身，向我望來，神態極其驚訝，我攤了攤手：「為了某種極怪異的原因，他自殺死的，唉。」

但丁沒有說什麼。我又道：「有一件事，你祖母的故事中的那個光環，我可以肯定有。」

但丁一聽，神情變得極其興奮：「怎麼證明？我一直不敢完全相信。」

我道：「另外有人見過，那個日本人，你遇到過的，青木，他見過。還有一個十分怪異的人，名字叫金特，也見過；喬森，可能也見過。」

但丁的神情有點緊張：「那麼，會不會他們也知道我們知道的事？」

但丁真是小心，他連「寶藏」兩字也避免提，怕被前面的司機聽到。

我搖頭道：「我想不會。」

但丁皺着眉，但是忽然之間，他又笑了起來：「你說的那個金特，在珠寶展覽會開幕那天，做了一件十分滑稽的事。」

我想起了報紙所載的新聞：「是啊，報上說他發表了一篇演說？」

但丁道：「是，這個人，我看神經有問題。」

我十分嚴肅地道：「絕不！你可還記得他的演說？」

但丁瞪大了眼睛：「如同夢囈一樣，你為什麼要聽？」

我道：「你別管，將當時的情形詳細告訴我。」

我想知道當時的情形，是因為我肯定金特決不會將時間浪費在沒有意義的事情上。他發表演說，我更可以肯定，他經過長期計劃，這就是他要請柬，參加開幕儀式的目的。

但丁看到我這樣堅持，只好告訴了我當時的情形，他說得十分詳細，好幾次，車子在急轉彎時，他身子傾側，也沒有中斷敘述。

在嚴密的保安下，珠寶展覽開幕。深紫色的帷幕緩緩拉開，高貴人士緩緩進入會場。

精心設計過的燈光，照耀在展出的珍寶上，令得珍寶的光彩，看來更加奪目。

所有櫃子，全用不反光玻璃製成。以致看來，珍寶像是全然沒有什麼東西遮蓋着，一伸手就可以碰得到。有不少人，不由自主地伸手，想去撫摸一下光彩絢爛奪目、誘人之極的珍寶，等到手指碰到了玻璃，才知道一個事實，自己和那些美麗的東西之間，有阻隔，不可突破。所以，每一個伸出手去的人，縮回手來，都現出失望的神情。

當然，這種失望的神情要刻意掩飾，不能讓人家看到。

但丁．鄂斯曼是全場最活躍的人物。並不是他自己想活躍，而是由於他對珠寶的非凡鑑賞能力，使得每一個有意購買珍品的人，都想先聽聽他的意見。

但丁忙於應酬各色人客，所以金特進來的時候，他並沒有注意。

事實上，金特進入會場，並沒有引起任何人的特別注意，他穿了一身全黑的衣服，看來雖然怪異，但是他有着正式的請柬——請柬上有一條磁性帶，經過特殊儀器的檢查以確定真偽，絕對無法偽造。

而且，當金特進來的時候，展覽會的主席，正走上一個講台，準備發表簡短的談話，是以每一個人的視線都被吸引了過去。

主席的講話十分簡短，在這種場合下，誰要是發表長篇大論的演說，那麼誰就是標準的傻瓜。主席的最後一句話是：「現在請大家……」

他本來要講的是「現在請大家仔細欣賞大自然留給我們的奇珍異寶吧。」

可是，他話才請到一半，金特不知在什麼時候，已經來到了他的身邊，就着擴音器，接了下去：「現在，請大家聽我說幾句話。」

主席陡地一怔，那是不應該有的程序。可是他還沒有來得及作任何抗議，就感到腰際，有一個管狀的硬物，頂住了他。

主席的臉色，在剎那之間，變得極其難看。他無法知道頂住他腰際的是什麼東西，因為金特身上所穿的那件黑色衣服，式樣十分奇特，有寬大的衣袖，將他的手完全遮掩住，看不到他手中所握的是什麼。

金特向主席眨了眨眼：「主席先生，我的話，大家都有興趣。」

在這樣的情形下，主席要考慮到他自身的安全，除了點頭之外，似乎沒有別的辦法。金特突然出現，人叢中也引起了一些驚訝，但是每個人都看到主席點了頭，所以，也很快靜了下來。

金特就着擴音器：「各位：現在在各位面前的，是許多美麗的珍寶，它的價值，並不在於它們的美麗。大自然中美麗的東西極多，為什麼只有它們才使人着魔？是不是我們的靈魂，就在珍寶之中？」

金特的話講到這裏，幾個保安人員，已經疾衝了進來，會場之中，起了一陣騷動，但畢竟與會人士，全是見慣大場面的人物，所以並沒有引起混亂。

金特也顯然看到有保安人員向他衝了過來，所以講話的速度也快了許多。

他提高了聲音，道：「各位，你們的靈魂在哪裏？如果誰能回答出來，希望他馬上告訴我。」

人叢中有人叫道：「我也想知道，哈哈。」

這個人的笑話，引起了一陣笑聲。四個保安人員來到了金特的身邊，但只是監視着，並沒有展開進一步的行動。

金特繼續説着：「別笑！各位的靈魂在哪裏？人類的靈魂在哪裏？或許人原來是有靈魂的，但是在珍寶所代表的那種價值之下，全都消失了？」

人叢中開始響起了噓聲，但是金特仍然在繼續着他的演講：「各位，人類的靈魂，到哪裏去了？各位……」

人叢中又有人叫道：「全都上天了，靈魂不上天，留在世上幹什麼？」

金特的聲音變得極哀傷：「這個問題，並不是我要問，是有……有人感到，像今天這樣的聚會，參加者是全世界人類中的精英，這是一個難得的機會，所以才要我來問一問，再加上，這裏有那麼多珍寶，珍寶為什麼會吸引人，它所代表的那種價值，為什麼可以驅使人去做任何事，為什麼……」

金特講到這裏，或許是由於他太激動了，以致他的手揮動着，離開了主席的腰際。

金特的手一揚起來，主席也看到，他手中所拿的，絕不是什麼手槍，只是一隻煙斗。

主席在陡然之間，變得勇敢起來，叫道：「把他趕出去，這個人是瘋子。」

四個保安人員立即開始行動，熟練而又快疾，將金特挾下來，拉向外面。

在這時候，身邊有着男伴的高貴女士，都紛紛發出適當的呼叫聲，昏了過去，身子倒下來，都能恰好由她們身邊的男伴扶住，未曾引出更大的悲劇。

金特一面被保安人員抬出去，一面還在叫：「大家繼續欣賞吧，在珍寶美麗的光輝之中，可能就有着人類的靈魂。」

金特被直抬了出去，據説，一直抬到酒店的大門口，被保安人員推向馬路，幾乎沒有給來往的車輛撞死。

金特被抬了出去之後，不到兩分鐘，會場就已完全恢復了常態，再也沒有人提起他。只有幾個記者，記下了當時的情形，第二天，在報上刊登出來，也只是一則小小的花邊新聞。

「金特在一直被抬出會場之後，還在叫嚷。」但丁説，「我本來想追出去看看他，可是保安人員勸我不要出去，所以，我沒聽清楚他又叫嚷了些什麼。」

聽完了但丁的叙述之後，我呆了半晌。這時，車子仍然以極高的速度，駛向機場。

第十部

靈魂代表什麼？

我在想，金特在這樣的場合之下，這樣講話，究竟有什麼意義？

金特在話中表示，一連串的問題，並不是他自己要問，而是「有人」要他問。

他說及「有人」，曾經猶豫，顯然，要他問的，並不是「人」，而只是一種現象，我甚至可以肯定，一定就是那種不可思議的「光環」。

我在思索，但丁又道：「這個怪人的話，有幾處和我祖母的叙述，有相同之處，當時我就感到奇怪，所以想追出去問。」

我「唔」地一聲，低聲說道：「是，都提到了珍寶和人類靈魂的關係。」

但丁想了一想：「那人的話更比較容易明白，他的說法是：珍寶和它代表的價值。我想，他指的是金錢價值，那麼，他的話就比較容易明白：人類的靈魂哪裏去了？全被金錢力量消滅了？」

我聽後不禁深深地吸了一口氣：但丁的理解很對，金特想要表達的，就是這個意思。

或者說，這並不是金特所要表達的意思，而是那個「光環」要找尋的答案。

在文學和哲學上，表達人類的靈魂受到金錢力量的左右，這種説法，存在已久，而且也可以理解，這種形容的方法中，「人類的靈魂」這個詞，代表人類性格中美好的一面，只是一個抽象的名詞。但是，在金特的那個問題上，靈魂卻不是那樣的一個抽象名詞，金特的問題（也就是「光環」的問題）問人有沒有靈魂，靈魂在哪裏等，都將靈魂當作一種切切實實的存在來發問。

那應該如何理解？

但丁繼續在自言自語：「珍寶和人類的靈魂聯繫在一起？我不知道自己的靈魂在哪裏，你知道麼？」

對這樣的問題，我有點氣惱：「當然不知道，沒有人知道。」

但丁現出一副沉思的樣子來：「如果根本沒有人知道，那麼，人類是不是有靈魂，是一個疑問！」

我盯着他：「這個問題，不是太有趣。」

我是想阻止他再在這個問題上討論下去。可是但丁卻哈哈笑了起來。他笑得十分突然，我實在想不出我們這時的談話，有什麼好笑之處。

但丁一面笑，一面道：「真有趣，每一個人都認為自己有靈魂。」

我悶哼了一聲：「你説的靈魂，是一個抽象名詞，代表了人性中善良美好的一面，還是一個存在？」

但丁呆了半晌，看來他是認真地在思考這個問題，過了好一會，等到車子在疾行之中，突然一個急煞車，停在一個紅燈之前，他才道：「兩者二而一，一而二。」

我呆了一呆，回味但丁那句話。是啊，為什麼不可以二而一，一而二？抽象和實際的存在，可以互合為一。尤其，靈魂的存在，本身就極度抽象。

我深深地吸了一口氣：「你的意思是：人有靈魂，所以才有人性善良美好的一面，而人如果沒有靈魂，人性善良美好的一面就不存在？」

但丁望着外面，紐約的街道上，全是熙來攘往的途人，他的神情很惘然：「正是這個意思。」

但丁在講了這句話之後，頓了一頓：「如果是這樣的說法，那麼，我實在看不出人有靈魂。」

他在這樣說的時候，聲音十分苦澀。我也不禁苦笑了一下。真的，人性中美好的一面，所佔比例實在太少，街上那麼多人，哪一個人不在為自己打算？不在為自己的利益作拚命的努力？本來，人為自己打算，為自己的利益作拚命的努力，十分正常的事，人是生物的一種，生物為了生存，必須如此。可是人類在求利的過程中，有太多卑污劣、下流罪行產生！

我和但丁兩人都陷入了沉思，到了機場，我下車：「但丁，這個問題，不必再談下去了！」

但丁立時如釋重負地點頭，表示同意。

我自然明白他的心意，因為我自己也有這樣的感覺，這個問題，如果問下去，似乎只有一個答案：人類沒有靈魂。

人類沒有靈魂，每一個人反射自問，答案自然也是「我沒有靈魂」，這令人沮喪，人查究自己是怎樣的一種生物，結論竟然是性格中沒有美好的一面。

突然之間，我心頭感到遭受了一下重擊，我有點明白，喬森為什麼如此堅決地要自殺。

喬森自殺，他意識上，並不是結束了他自身寶貴的生命，而是結束了一個卑污的、沒有靈魂的生命。

當我想到這一點的時候，不由自主，打了一個寒顫，不敢望向但丁，只是匆匆走進機場。

但丁不知道向哪個伯爵夫人，借了一架飛機，所以一到機場，並沒有等了多久，就已經登上了那架私人飛機，幾乎立即就起飛。

到瑞士的航程並不短，一共加了兩次油，飛機總算在日內瓦機場降落，下機之後，但丁開車，橫衝直撞。我知道他發急，是因為寶藏。他祖母曾經說過，如果他不能在她生前找到可靠的伙伴，她就寧願把那個寶藏永遠成為秘密。

我坐在但丁的身邊，看到他那副焦急的模樣，忍不住道：「你這樣開車，只怕你祖母的病情沒有惡化，你就先下地獄了。」

但丁的眉心打着結，一副惡狠狠的樣子：「下地獄？我用什麼去下地獄？」

我不禁呆了一呆，我不過隨便說說，誰想到但丁尋根究柢。一般來說，「下地獄」代表死亡，「見」的自然不再是肉體，而是靈魂，但丁這樣問，他的意思，自然再明白不過。

我悶哼了一聲，沒有回答，由得他用力去踏下油門，一面連轉了三個急彎，然後，他才吁了一口氣：「對不起，我真想要找到那個寶藏。」

我苦笑了一下：「其實，你現在的生活很好，纏在你褲帶上的那十二顆寶石，如果你肯出讓，那可以使你的生活過得更好……」

但丁一面盯着前面的路面：「一百二十顆豈不更好，一千二百顆，那更好！」

我嘆了一聲，一千兩百顆這樣的寶石，當然更好。然而，「更好」只怕沒有止境。當你有了一千兩百顆之後，「更好」的是一萬二千顆。

我沒有多說什麼，但丁駕車的速度也絲毫不慢。

日內瓦湖邊的住宅區，可說是整個地球上，豪富最集中的地方。要考驗一個人是不是真正的豪富，主要的考題之一，就是：在日內瓦湖畔，有沒有一棟別墅。

車子駛上了一條斜路，直衝向一棟房子的鐵門，鐵門倏然打開，但丁直衝了進去，經過花園，然後，令得車輪發出「吱吱」的聲響，停在建築物的門口。

但丁打開車門，向我作了一個手勢，直奔上石階，我跟在後面。但丁一面向上衝，一面在大聲叫着。我跟着進去，那是一個佈置十分精美的大廳，我看到兩個醫生，正提箱子，自一道寬闊的樓梯上走下來。

但丁已經向上直迎上去，焦切地問道：「怎麼樣？」

那兩個醫生並沒有回答但丁的問題，只是向一個管家道：「老太太信的是什麼宗教？怎麼神職人員還沒有來？」

但丁陡地呆了一呆，我也知道老太太的情形不是很好，要請神職人員，那麼，老太太的生命，已經瀕臨消失了。

但丁大聲叫着，向上衝去，那兩個醫生十分生氣，問我道：「這是什麼人？」

我並沒有回答他們的問題，也緊跟着在他們兩個人之間，穿了過去。

二樓有一條相間寬闊的走廊，但丁在前面奔着，我很快追上了他。他在一扇門口，略停了一停，喘了幾口氣，推開了門。

裏面是一間十分寬大的臥房，佈置全然是回教帝國的宮廷式，豪華絕倫。在一張巨大的四柱牀上，一個看來極其乾瘦的老婦人，正半躺在一疊枕頭上，有兩個護士，無助地望着她。

但丁大踏步走了進去，用土耳其語，急速地問：「祖母，我來了。我已經找到了伙伴，你說的，必須要有的伙伴。」

老婦人躺在牀上，乍一看來，會以為那已經是一個死人！

但是但丁一叫，老婦人灰白的眼珠，居然緩緩轉動。但丁直來到牀前，一面跪了下來，拉起了他祖母鳥爪一樣的手，放在唇邊吻着，一面反手向我指了指，示意我也來到牀前邊。

我走向牀邊去，老婦人的頭部，辛苦地轉動着，向我望了過來。她的雙眼之中，已沒有生氣，可是她顯然還看得到我。被一動也不動的眼珠盯着看，不是舒服的事。我勉強擠出了一點笑容：「但丁是我的好朋友。」

老婦人身子動了起來，看她的樣子，像是想掙扎着坐起來。但丁忙去扶她，兩個護士想來阻止，被但丁粗暴地推開。

一個護士轉身奔出臥室，另一個口中不斷喃喃地在禱告。

老婦人在但丁的扶持之下，身子略為坐直，她的呼吸，強力了許多，甚至連眼珠也可以轉動。垂死的人，突然之間，因為某種刺激，而出現這種現象，一點也不值得歡喜，那叫作「迴光反照」，是一個人的生命快要結束之前的短暫亢奮。

但丁緊靠着他的祖母：「祖母，那隻打不開的盒子在哪裏？」

老婦人的手顫動着，看樣子她正努力想抬起手，但是她實在太虛弱，結果，只是抬起了一根手指來，向前略指了一指。

我循她所指看去，看不到什麼盒子，可是但丁的神情卻極興奮：「是，祖母，我知道那裏有一個保險箱，祖母，密碼是什麼？」

我呆了一呆，再向老婦人垂死的手指所指處看了一下，看不出有什麼保險箱。

這時，剛才奔出去的護士，和兩個醫生一起走了進來。一進來，護士就神色憤然，指着但丁。我忙過去：「這位是病人的孫兒，他們正在作重要的談話。」

那護士仍憤然道：「應該讓病人安靜地……」

她的話還沒有說完，醫生就搖了搖手：「由得他們去吧，都一樣。」

醫生的話說得再明白也沒有，老婦人沒有希望了，騷擾和平靜的結果，全是一樣，老婦人命在頃刻，隨時都可以死去。

這時，但丁以一種十分緊張的神情，把耳朵湊近老婦人的口部，一面向外揮着手，我知道他的意思，低聲道：「各位請暫時離開一下。」

四個人一起走了出去，我將門關上，聽得但丁以極不耐煩的聲調道：「別管這些了，祖母，密碼是什麼？取得了那盒子之後，如何打開？」

我心中也有點奇怪，老婦人的生命之火，隨時可以熄滅，在這時候，她還講了些什麼廢話？我也走到牀前，老婦人在以一種極緩慢的速度搖着頭，看來簡直詭異莫名。

她一面搖着頭，一面發出比呼吸聲不會大了多少的微弱聲音：「孩子，你……知道保險箱？我……沒告訴過你。」

但丁更着急道：「祖母，別理會這些好不好？」

可是老婦人仍然固執地搖着頭，但丁道：「好，是我自己發現的。」

老婦人突然笑了起來，一面笑，一面嗆着氣，以致發出來的笑聲，可怕之極。但丁已急得一頭是汗，老婦人這樣笑着，只要一口氣嗆不過來，立時可以斷氣。

幸好，老婦人笑了幾下，胸口劇烈地起伏着，已停止了笑聲，卻眼珠轉動，向我望了過來，在她滿是皺紋的臉上，突然現出了極其詭異的神情。

我當時絕不知道她的神情忽然之間這樣古怪，是什麼意思？我只是嚇了一跳，以為那是她臨死，面部肌肉抽搐的後果。可是，那種詭異的神情，立即在她臉上消失，她又望向但丁，口唇顫動着。但丁忙湊過耳去，不住點着頭，不到一分鐘，他就神情極其滿足地直起了身子，理也不理他的祖母，向前走去，走到了一張茶几旁。在那茶几上，有一隻十分巨大、精緻的瓷花瓶，上面繪有工筆的美女。

但丁伸手，將那隻大花瓶提起來，原來花瓶的下半部是空的，罩在一具小型的保險箱上，那具小型保險箱，看來固定在茶几上。

我看了這種情形，心想：用這種方法來掩飾一具保險箱，倒並不多見。

我注意着但丁的行動，只聽得那老婦人突然發出一陣怪異的聲響，我忙向老婦人看去，老婦人正望向但丁，怪異的「咯咯」，發自她的喉際，看來她正要向但丁說什麼。

我忙道：「但丁，你祖母好像有話要對你說。」

可是但丁恍若未聞，只是在轉動着保險箱上的鍵盤。我忙來到牀前：「老太太，你想說什麼？」

老婦人的頭部，已不能轉動，只是移動着她的眼珠，向我望來。

她頭部不能轉動，而只能移動眼珠的神情，看來相當可怖，可是，當她的眼珠定向我的時候，她突然再一次，又現出了那種看來像是嘲笑的神情。

她的喉際，發出「咯」的一聲，眼睛之中，唯有的一絲光采，也立時消失，眼仍然睜着，可是誰也看得出，這個有着許多神奇經歷的老婦人，已經離開人世。

我失聲叫道：「但丁，她死了！」

幾乎在我叫出那句話的同時，但丁發出了一下歡呼聲。我抬頭向他望去，發現他根本沒有理會他祖母的死活，他已經打開了那具保險箱。

那保險箱的內部，和那隻盒子，一樣大小。但丁小心翼翼，將盒子取了出來。我又道：「但丁，她死了。」

但丁連看也不看她的祖母，拿着盒子，向外便走：「通知醫生。」

我根本來不及阻止，他已經走出了房間，我也走向門口，醫生和護士已急急走了進來。

我看到但丁推開了走廊盡頭的一扇門，走了進去，隨即將門關上，全然沒有邀請我和他在一起的意思。這不禁令我十分生氣。

我在門口站了一會，聽得醫生在房間中急速的講着話，當我回過頭時，一個醫生已經拉過了牀單，蓋住了老婦人的臉，兩個護士在牀邊祈禱。

老婦人死了，而但丁竟然在她臨死前的一剎那，離開了她。

我忍不住有一股要去責難但丁的衝動，我向着但丁走進的那扇門，直奔了過去，在門口推了推門，沒推開，就大力地踢着門，一面叫道：「開門。」

我弄出來的嘈雜聲十分大，但丁只要是在這棟房子之中，沒有可能聽不到的。可是有好幾分鐘之久，他卻一點反應也沒有。我略停了一停，心中反倒擔心了起來。但丁是不是會有了什麼意外？

正當我這樣想着，門內傳來了一下叫喚聲，聽來十分怪異，正是但丁所發。我又高叫了一聲，門打了開來，但丁滿面喜容，我瞪着他：「你祖母死了。」

但丁像完全沒有聽到：「我已經知道寶藏在什麼地方。」

我道：「在什麼地方？」

但丁怔了一怔，忽然又笑了起來：「地圖上顯示的地方……我看……還不一定……可靠……」

聽得他這樣支支吾吾，我不禁火冒三千丈，不等他講完，我就大喝一聲：「算了，你一個人去好了。」

我一面說，一面掉頭就走，但丁連忙把我拉住：「不，我不是這個意思，我們是同伙，當然我會和你一起研究那個盒子上的地圖。」

我轉回身去，但丁做着手勢，要我進房去。我皺着眉道：「你祖母死了，我們……」

但丁不耐煩地揮着手：「他們會處理的，我們先來研究那地圖。」

他硬將我拉了進去，在關上門之前，他向門外的幾個神情慌張的僕人，大叫了一聲：「你們自己去辦事，別來叫我！」

我被他拉進了門，才注意到，那是一間書房，房子的四周圍，全是書櫥，正中是一張相當大的書桌。

書桌上，攤着一幅地圖，在地圖旁邊，是七八塊薄金屬片，連在一起，上面有着刻痕。

我知道金屬片上的刻痕，可以指出一個龐大的藏寶地點，那是鄂斯曼王朝全盛時期的寶藏。

我和但丁，一起急步來到了書桌之前，金屬片上的刻痕，乍一看來，相當凌亂，但丁指着中間的一片：「你看這個符號。」

我已經注意到這個符號，那看來像是一個皇室的徽號，在這個徽號之旁，有一個典型的回教宮廷建築的半圓形屋頂。

但丁道：「這裏，我假定是皇宮。」

對他這樣的假定，我點頭，表示同意。但丁的聲音，變得十分興奮：「早年繪製藏寶圖的人，一定經過十分詳細的實地考察，它和今天的精密地圖，多麼吻合。」

他一面說，一面將地圖移近了些。金片上的許多刻痕，和地圖上的線條相吻合。有兩條比較粗的線條，那是河流；山脈在金片上，用一連串尖角組成來表示，一直向東南移過去，有一個不規則形狀的曲線，但丁的手指向地圖，地圖上有一塊幾乎一模一樣形狀的淺藍色，那是一個湖。

但丁的祖母在敘述中，提到這個湖。但丁認為他祖母是不可能一下子就認出那是什麼湖的，但事實上，金片上的形狀，和地圖上的形狀一樣，真是一眼就可以認出來。

但丁雙眼之中，充滿了興奮的神采，我也不禁吸了一口氣，真的，就是那個湖。而在那個湖的旁邊，有一個黑色的小圓點。

我不由自主，把聲音壓得十分低：「但丁，這裏就是寶藏的所在。」

但丁屏住了氣息，點着頭：「可不是，我祖母當年，什麼設備都沒有，也能發現寶藏，我們只要有足夠的配備……」

他講到這裏，由於過度興奮，甚至無法再說下去，要停下來大喘了幾口氣，才接下了說道：「我可以成為世界上擁有珠寶最多的人。」

當他這樣講的時候，自他臉上和眼神之中，所顯示出來的那種貪婪的神情，真叫人吃驚。我再也想不到，人的臉部的肌肉，通過簡單的變化，可以表達出那麼強烈的意念。

我對他的這種神情感到很厭惡，轉過頭去，不去看他。但丁的聲音之中，仍然充滿了那種極度的興奮：「我們這就走。」

我吸了一口氣：「至少該等到你的祖母的喪事結束吧？」

但丁大聲道：「我可等不了那麼久。」

他說着，又將那些金片，「啪啪」地合了起來。金片合起之後，看起來十足是一隻盒子。然後，他又摺好了地圖，一起放進了一隻公事包，提起公事包，看來像是一秒鐘也不願耽擱，就向外走去。

才一出書房門，一個老年僕人就急急走了過來：「但丁少爺，老夫人……」

他的話還沒有說完，但丁就大喝一聲：「滾開！」

看那老僕人的神情，還像是不知道有多少話要說，但丁已根本不理會他，逕自向前走去。

我在他的後面，看看他的背影，在剎那間，我忽然想起了本來聽來莫名奇妙的幾句話，那幾句話，是金特在珠寶展覽會上的「演詞」：「珍寶為什麼會吸引人，它所代表的價值，為什麼可以驅使人去做任何事……在珍寶美麗的光輝之中，可能就有人類的靈魂。」

如果有靈魂的話，但丁的靈魂現在在哪裏？只怕早已飛到那個滿是珍寶的山洞中去了。

接下來，但丁一分鐘也不浪費地趕向目的地，他先是高速駕車，到了機場，還是用那架飛機，飛往土耳其，直接降落在那個湖邊的一個中型城市的軍用機場上。

我不知道他利用了什麼人事關係，飛機不但降落在軍用機場，而且，他又弄到了一輛吉普車和足夠用的設備。這些，全是在飛機降落之後，他留我在機上，一個人下機，只花了二小時左右就辦到。

他駕着吉普車，和我一起駛離機場，天色已漸漸黑了下來。但丁顯然準備連夜趕路，他囑咐我打開地圖：「到湖邊，只有二百多公里，太陽升起之前，我們一定可以看到湖水。」

我沒有說什麼，自從離開了瑞士日內瓦湖邊的那所房子之後，但丁興奮得不可遏制地不斷講話，有時，一句話重複很多遍，我卻表現得十分沉默，我需要思索，事態已經相當明朗，簡單來說：有某一種力量，在尋找地球人的靈魂。

是什麼力量，它為什麼要搜尋地球人的靈魂，這種搜尋已經多久？我全不知道，所知道的只是：這種力量，以「光環」的形式出現。

人是一直認為自己有靈魂。這種信念，支持了人類許多活動，也成為人類整體社會生活中道德規範的一種支柱。雖然一直以來，靈魂虛無縹緲，不過這個名詞，已經成了人性美好一面的一個代表，在意念上來說，非有它的存在不可，它成為抵制某些劣行不能妄為的力量。

如果一旦，當人類發現根本沒有靈魂，那會在人類的思想觀念上，引起何等程度的混亂？

一種冥冥中不可測的力量，一直在人類的思想中形成一種約束，突然之間，這種約束消失了，那等於人性美好的一面消失，醜惡的一面得到了大解放，再也無所顧忌。在有這種約束力量的情形下，尚且不斷迸發的劣根性，會像火山爆發一樣地炸開來。

或許，就是由於人類早已開始發現了根本沒有靈魂，所以，靈魂作為一種約束力量，已經愈來愈薄弱，以致人性的醜惡面，已愈來愈擴大？

我的思緒十分紊亂，一個接一個問號，在我腦中盤旋着，我又想起了喬森，喬森自己毀滅了自己的肉體生命，是不是已達到了目的，證明了有靈魂？還是靈魂的存在，如金特所說，是一種「反生命」？只有到了那個境地，才能明白，不然，無論如何不明白。

我一直在想着那些，所以，有時候，但丁的話，我全然沒有反應，聽來全是他在自言自語。

吉普車由但丁駕駛，他要採取什麼路線，我也無法反對，在月色下，車子駛上了一個石崗子，跳得像是墨西哥跳豆，我嘆了一口氣：「路真不好走。」

但丁神情愈來愈興奮：「快到了，快到了。」

他一面說，一面將車速提高，令得車子不斷地在大小石塊上彈跳。

車子經過的是土耳其南部十分荒涼的地區，不見人影。我只好想像一下，當日但丁的祖母在這種地方，向着不可測的目的地前進的情形。

突然之間，我想到，但丁祖母在叙述中，似乎對她當年的這段旅程，說得十分簡單，回想起來，其中像是故意隱瞞了一些什麼。會不會那光環一直跟着她，而她隱瞞了沒有說出來？

我無法肯定這一點，只覺得有這個可能。而且，我也無法推測她有什麼理由要隱瞞。

過了午夜之後，但丁的情緒更接近瘋狂，他加速駛上了一個坡度相當高的山坡，使車子在向上駛的時候，隨時有可能一直翻跌下去。

等到車子駛到了山坡頂上，他陡然停下了車，發出了一陣又一陣的歡呼聲。

向前看去，已經可以看到大約在幾十公里外，在月色下閃爍着耀目銀色光芒的湖水了。

但丁指着前面，轉頭向我望來，我知道他要說什麼，忙搶在他的前面：「是，我知道，你快成為世界上擁有珍寶最多的人！」

我這樣說，只不過重複了他說過十多遍的一句話，可是他在聽了之後，卻怔了一怔，像是在剎那之間，想到了什麼：「我們，我們要成為世界上擁有珍寶最多的人。」

他一直都是說「我」的，這時忽然變成了「我們」。我雖然覺得有點奇怪，可是卻也沒有在意，只是道：「還是你，分珍寶的時候，我讓你多拿一塊好了。」

但丁哈哈地笑了起來。自從但丁向我提起珍寶開始，我一直不是很熱心。那絕不是說，珍寶對我沒有吸引力，我只是沒有但丁那樣狂熱。當車子駛下山坑，愈來愈接近湖邊，我想起滿山洞的珍寶，我也不由自主，有點氣息急促，一點也不覺得但丁把車子開得太快。

車子駛到了湖邊，但丁繞着湖，飛快地駛着，朝陽升起，我和但丁都看到一串鋪向前的石塊。石塊大小不一，加工也很粗糙，但是還可以一眼就看出，那是人工鋪成。

抬頭看去，石塊的盡頭處，是一片石屋，並不是很高，只是在湖邊許多石山崗中的一部分，絕不會令人特別注目。

第十一部

滿洞寶石

但丁把車子一直駛到石崖前停下。

石屋上果然有一道十分狹窄的山縫，山崗面向東。朝陽正升起，光線恰好照進山縫，可以極清楚地看到，山縫只不過兩公尺深，之後，就被許多石塊堵塞着。

但丁的祖母說得十分明白，當她離開之後再想回去時，有一陣震動，震跌下許多石塊，將石縫堵住了。

這一帶，正是中亞細亞地震最頻繁的地區，極輕微的地震，也可以將山石震下來，堵塞了山縫，那倒不足為奇。

我看到了這種情形，不禁涼了半截。山縫很長——根據但丁祖母的叙述，如果全被石塊堵塞了，以兩個人的力量，即使但丁帶了炸藥，也是沒有法子清理。

在我這樣想的時候，但丁已大叫着奔向前，擠進山縫。

他擠進了兩公尺之後，自然無法再向前去，我看到他一面叫着，一面在狹窄的山縫之中，困難地抓起了一塊小石塊，向外拋來。

我駭然，大聲道：「但丁，如果你用這個方法清理堵塞的石塊，我估計需時兩千萬年。」

但丁又很困難地抛出了一塊小石塊來，喘着氣：「當然不會一直用這個辦法，但少一塊石頭阻塞去路，也是好的。」

我只好苦笑，他急到這種程度，很值得同情。我叫道：「出來吧，別浪費時間了。」

但丁總算肯擠了出來，但在他出來的時候，還是帶出了兩塊小石頭。他的嘴不夠大，要不然，我想他會用口叼出一塊石頭來。

我們兩個人合作，大約花了半小時的時間，就裝好了炸藥。

我和但丁，都不是爆炸專家，也無法估計我們所放的炸藥是不是恰到好處，只是靠盲目的估計，然後，把藥引拉到了車子附近，但丁的手一直在發抖，無法點燃藥引，我自他的手中奪過打火機來，點着了藥引。

藥引在着火之後，「嗤嗤」地向前燒着，我們的心中都很緊張。不過這時的情形是，就算有錯誤，也來不及改正了。

我摒住了氣息，等着，藥引燒進了山縫，緊接着，「轟」地一聲響，濃煙迷漫，將整個山縫口，全都遮住了，一時之間，什麼也看不到，只聽到連續不斷的石塊滾動聲。

但丁握緊我的手，濃煙過了好一會才散開，看清了爆炸的結果，我和但丁都發出了一下歡呼聲。

爆炸的結果，正是我們預期的結果：塞在山縫中的大小石塊被炸鬆了，有許多，已經因為鬆動，而滾瀉到了山縫之外，令得山縫看起來更深。

我奔到山縫前，向內看去，可以看到，至少有十公尺左右，可以供人很吃力地爬進去，一次爆炸而可以有這樣的成績，理想之至。

當天，我們一直工作到日落西山。包括了另外兩次的爆炸，和將大小石塊，通過了一條臨時搭配起來的運輸帶運出去。由於山縫十分狹窄，把石塊從山縫中弄出來的時候，身子連轉動一下都不能。這種工作環境，令我想起中國的採石工人，在端溪的坑洞之中採端硯的原石。

天色黑了，我們疲倦不堪，我上了車，放下了前面的座椅，躺了下來。我向但丁道：「你一定要休息，不然，要不了兩天，你就會脫力而死。」

但丁在車邊佇立着，一口又一口吸着煙，大口喝着溫熱的罐頭啤酒、衣服因為汗濕而貼在身上，滿身污穢，他那種情形，和出入一流酒店，一副花花公子模樣的但丁相比較，簡直換了一個人。

他道：「我會睡，你別管我。」

我沒有法子管他，太疲倦，一閉上眼，已經睡着了。

當我一覺睡醒，睜開眼來，天色相當昏暗，轉頭一看，但丁並沒有在車上，我探出頭去，看到他睡在地上，睡得很沉。當地白天相當熱，但是晚上氣溫相當低，我拿起了一條毯子，想下車替他蓋上，就在我一坐起身來之際，我突然看到山縫之中，有亮光在閃動。

我第一個想法是，但丁忘了將照明設備熄掉，所以才有光亮透出來。

我下車，將毯子蓋在但丁的身上，但丁睡得像死豬。

亮光從山縫裏面透出來！

然後，我向山縫走去，亮光一直自山縫中傳出。我到了離山縫口極近處，光亮忽然熄滅了。我陡地呆了一呆，自然而然地問：「什麼人？」

我得不到回答。我感到了一股寒意，連忙後退了兩步，山縫中仍然一片漆黑。

我在呆了片刻之後，摘下懸在腰際的電筒，向山縫內照去。電筒的光芒，一直可以射到山縫還被石塊堵住的地方，絕對沒有人，也沒有看到任何可以發光的物體。我熄了電筒，思緒混亂，陡然想到了一點：那光環，那神秘的光環。

剛才，我看到的光亮，會不會是那種神秘的光環發出來的？

一想到這一點，我不禁大是興奮。我一直期待看遇到這種神秘光環，如果是它，那真是太好了。我在山縫口，又等了一會，仍然未見有任何光亮，我只好壓低了聲音：「你剛才曾出現過，希望你再出現，我想和你交談。」

我一連講了好多遍，可是一點反應也沒有，這令我十分失望，只好緩緩轉回身去。這時，天色十分黑暗，突然之間，我看到自己的影子，出現在我面前的地上。

這種情形，真令我震呆：在我的身後，有光線射出來。那也就是說，我一轉身，山縫中的光線又亮起來了。

一時之間，我不知道該如何才好，轉回身去？我想那神秘的光線，一定又會消失，所以，我決定什麼也不做，只是吸了一口氣，繼續慢慢向前走。

當我在向前走着的時候，我留意地上影子的變化，如果影子愈來愈短，那就說明背後的光源，沒有移動過。

可是，我向前走了好幾步，地上影子的長短，完全沒有變化，這令得我又驚又喜：證明光源是移動的。而據我所知，那神秘光環，也會移動。這時，極有可能，那神秘光環，就在我的身後。

好幾次，我想轉過頭去看上一看，但是又怕一轉過頭去，它就消失，所以我只好仍然向前走着，不一會，我已經來到車子前面，但丁躺着的地方了。

在那短短的幾十步路程中，我心中不知轉了多少念頭，想的全是如何才能使那光環不要離開我，好讓我和它作交談，但是我卻想不出什麼辦法來。

當我來到了但丁的身前之際，我停了一停，我的影子。投射在但丁的身上，就在我仍然不知道如何才好之際，但丁忽然醒了過來。

他先是略動了一動，然後，睜開眼來。當他初睜開眼來之際，他還是十分疲倦的樣子，可是，就在不到百分之一秒的時間內，他刷地坐了起來，眼睛瞪得極大，一副驚訝之極的神情，望着我。

也就在那一霎間，我面前的影子消失。我留意到，但丁極度驚訝的神情，也變得十分疑惑，用手搓着眼睛，我轉過身去，身後什麼也沒有。

我等不及但丁站起身來，忙蹲了下去：「但丁，你剛才看到了什麼？」

但丁搖了搖頭：「我應該看到什麼？我想一定是太疲倦，眼花了。」

我聽得他這樣說，知道他一定是真的看到了什麼，又問道：「是光環？那種神秘的光環？你祖母遇到過的那種？剛才在我的身後？」

但丁睜大了眼：「沒有看到什麼光環。」

我呆了一呆，但丁沒有理由撒謊的，那麼，他看到了什麼東西？

我極快地連問了三遍，但丁用手比着：「好多光，從你的頭部發出來，不，也不應該說是光，只是很多光線……你頭上，像是在冒着火燄，而從你頭上冒出來的火燄之中，又有很多光線，錯綜複雜地環繞着，看來像是一個什麼圖案。」

我用心聽着，可是卻沒有法子聽懂他的形容，不禁氣惱道：「你在胡說八道些什麼？」

但丁道：「就是這樣。」

我只好道：「請你再詳細說一遍。」

但丁又說了一遍，比較詳細了些，但還是差不多。剛才，我頭上有「火燄」冒起來，自「火燄」上，有許多環狀的光線射出來，像是一個圖案。

我不禁苦笑，我一直以為那神秘的光環跟在我的後面，原來不是。至於我頭上冒起「火燄」，那更不可想像。

我抬頭向上望，星光稀落，天已快亮了，我道：「該起來工作了。」我一面說，一面直起身子來，卻又不由自主，伸手在頭上摸了摸。

但丁也隨着我站了起來，他突然道：「對了，剛才，你的頭髮，根根直豎，每一根頭髮都有火光冒出來，所以，你看來，才像是整個頭上，有一蓬火燄。」

這一次，他總算形容得具體了些，但仍然不可思議。剛才我頭髮根根直豎了？

當天的工作更辛苦，每當滿身是汗，擠出山縫，等候炸藥爆炸，我和但丁在烈日之下互望，都只好苦笑，但丁說了好幾次他沒有選擇錯伙伴，一副衷心感激的樣子。這一天，有一點小意外，有一隊土耳其士兵經過，給但丁用流利的土耳其語打發走了，但丁自稱是政府派出來的勘察人員，沒有露出什麼破綻。

一天的工作，又打通了十公尺左右，爆炸聲已相當空洞，明天大有希望可以進入那個山洞。

當晚，我仍是倦極而睡，但午夜時分就醒來，希望再看到有亮光，然而一無所見，等了一小時，再度入睡，等再醒來時，天已亮了。

和前兩日一樣，吃了些罐頭食物，再度開始工作，在當天的第二次爆炸，清理了石塊之後，但丁在前，我在後，一起向山縫中擠進去，已可以強烈地感到，前面有一股相當清新的氣流，向我們湧過來。

那等於在告訴我們，去路打通了。

但丁興奮得大口吸着氣，不斷問我道：「你感到沒有？你感到沒有？」

我當然可以感得到，在石塊和石塊堆疊的隙縫中，有相當強的氣流在湧出來，我們又安上了一支小炸藥，然後，退出山洞，引爆，濃煙冒出，我的心情緊張。

但丁更緊張得不等濃煙消散，就想進去，我用力才能把他拉住。他急得像是恨不得向山縫中大口吹氣，好令濃煙早一點消散。

我雖然同樣感到緊張，但是看到他的這種神情，還是覺得可笑：「先檢查一下照明設備，不要好不容易，進了裏面，像你祖母一樣，什麼也看不到，隨便撈兩把東西出來！」

但丁像是根本沒有聽到我的話，他雙手合十，身子在不住發着抖，連帶講起話來，都是聲音顫抖的，他正在喃喃自語：「求求你，別讓我失望，別讓我失望，求求你。」

他說着，手指互相扭在一起。看他的樣子，痛苦莫名。但丁本來很快樂，他擁有不少珠寶，而且，他對於各種珍寶的專家級的知識，也使他有極高的社會地位。像他這樣的人，在全世界範圍而言，都是上層人物。

可是這時他所表現出來的那種痛苦，真叫人吃驚。

這種情形，令我發怔，但丁一直在祈禱，我也不知道他信奉的是什麼宗教，他將他叫得出來的神靈，全都叫了出來。好不容易，自山縫中冒出的濃煙，漸漸消散，但丁向我望來，我點了點頭，但丁猶豫了一下：「你……你先進去。」

我點頭，拿着強力電筒，側身向山縫中擠進去，連日來，在這狹窄的山縫中擠進擠出，已經不知多少次。

但丁也擠了進來。我們的距離不遠，要是兩個人都伸直手臂的話，手可以碰到手。

不多久，我就發現我們最後一次的爆炸，十分成功，碎石被爆炸力量震散，前面是一個山洞。

愈來愈接近那個山洞，突然之間，我和但丁兩人，都不由自主，發出了一下驚叫聲來。

在電筒的光芒照耀下，我們都看到了難以形容的光彩。真是難以形容！光彩突然間從地面上迸射出來，那樣奪目，那樣艷麗，超越了人的視力所能接受的地步。

我感到了窒息。早已期待會在那個山洞中找到珍寶，在那一霎間，我還是無法想像那些光彩是什麼東西發出來的！但丁用一種極其尖銳的聲音叫道：「天，你看那些寶石！你看那些寶石！」

那一大片奪目的光彩，映入眼簾，看不清那是什麼，這時，定了定神，仍然看不清那麼一大片，每一種光彩，都是閃耀的，流動的。但至少已經可以看出來那些光彩，由許多不同顏色的發光體發出。那些物體，本身不會發光，光芒照射上去，它們反射出令人心驚目眩的光彩，全是各種各樣的寶石：大顆的紅寶石、綠寶石、鑽石，和許許多多顏色艷麗，看得人連氣都透不過來的寶石，滿地都是。

全副心神都被山洞中的景象所吸引，在艷麗奪目的光彩之下，所聯想到的，是這些寶石，每一顆在世界珠寶市場中的價格，和它所代表的大量金錢。根本沒有任何餘地再去注意究竟過了多少時間！寶石本身的美麗，實在是在次要的地位，真正的美麗，是它所代表的大量金錢。

我只記得，突然之間，我們的身邊，已全是寶石的奪目光彩，我們已身在山洞之中了。

我和但丁都不住叫着，儘管我不財迷心竅，可是我還是不斷地叫着，那種莫名的興奮情緒，超過了一切。但丁大叫着，張開雙手，整個人，突然向地上撲了上去。

但丁這樣的動作，結果是令得他自己的身子，整個重重仆在地上，這一下摔得極重，可是他卻完全不覺得，他把自己的身子，緊緊貼着地面，雙手則用力扒撥着，將他雙手所能及到的範圍之內的大大小小各色寶石，都抓到身邊來。

各種寶石聚成了兩小堆，就像是兒童在沙灘上堆積起來的沙堆。

然後，他不斷地笑着，在地上爬着，做着同樣的動作，直到把山洞中所有的寶石，都堆成了小堆，總數約有二三十堆之多。

我在他忙碌的時候，也一樣沒有閒着，只不過和他不一樣，我並沒有將寶石聚成堆，只是一顆一顆拾起來，把它們放在強烈的電筒之前，用光照射着。光線透過那些寶石，我得微瞇起眼，因為反射出的光芒實在太強烈。

我用了很長的時間，注視着一顆相當大的純藍色的碧璽，這種被稱為「碧璽」的寶石，我知道並不是太名貴的寶石，可是我從來也未曾見過那麼大，顏色這樣純藍的一塊藍碧璽。

電筒的光芒透過這塊寶石，我閉着一隻眼，令睜開的眼睛盡量接近它，然後，我整個人，一下子就被那種純藍色所包圍，像是全身都浸在最清澈的海水之中。而這片海水又是那樣清純，不含任何雜質，清純得完全沒有生命。

這樣的感覺，令人不免有點傷感，那麼美麗的寶石，沒有生命，在感覺中，我已經進入了這顆寶石，那種純淨透澈的藍色，可以令得一切生命，都為之凝凍，成為寶石的一部分。美麗是美麗極了，但絲毫沒有生命的成分在內。

我怔怔地看着，在一片蔚藍之中，我不禁又想起了金特的話：人的靈魂是在寶石之中？如果是的話，人的靈魂在進入了寶石之後，也一定凍凝而不再活。再照金特的說法，靈魂只是一種反生命的形態，根本不能用「活」字來形容，那麼，進入了寶石之後的靈魂，又是一種什麼形態呢？

我的思緒愈來愈混亂，突然之間，我激動起來，用力將手中的那塊純藍碧璽，向洞壁上扔去，我也不知道它是不是被我摔裂了，我順手又揀起一塊琢磨成四方形，足有我手掌四分之一大小的祖母綠，用同樣的方法觀察它。

祖母綠並不是那麼純淨，在它的內部，有着薄紗一樣的裂紋。這種被內行人稱為「蟬翼」的裂紋，由許多極其精細的圖案所組成。只怕世界上沒有任何一個美術家，可以把圖案形狀的變化，表現得如此之複雜。把那些組成圖案的線條擴展開來，那就像是另一個世界，另一個宇宙，一種超乎我們生存的世界的另一世界。

我們生存的世界，也由各種各樣線條組成，祖母綠內部的那些線條，就組成了另一個世界。我拋開一塊，又取起一塊，在每塊不同的寶石之中，都看到了異乎尋常的景象。我也知道，我不單欣賞它們的美麗，而且也對寶石的內部，有一種異乎尋常的探索，那是受了金特那番話的影響。我也想在寶石之中找出人的靈魂來？

我在想：是不是可以讓我看到一些奇異的現象？這種心情，倒頗有點像夏夜，在曠野之中，等候不明飛行物體帶着外星人降落在眼前。

我的行動告一段落，我發現地上的所有寶石，都被但丁集中起來，但丁也挺直了身子，望着我：「衛，我們兩人，是世界上擁有寶石最多的人。」

我點了點頭：「恐怕是。」

但丁忽然笑了起來：「衛，求求你，別把你分得的寶石一下子就全賣到珠寶市場去，不然，只怕要跌去九成價錢了。」

我攤開了雙手：「我分到的寶石？」

我並不是做作，對着那麼多的寶石，我沒有不動心的道理，但是我從來也沒想到過「分」這回事。但丁一聽得我這樣問，怔了一怔：「當然是分，這裏一共是二十四堆，我們一人一堆，你先揀好了。」

我吸了一口氣，想了並沒有多久，就道：「但丁，當你提及寶藏的時候，我根本不相信……」

但丁有點粗暴地打斷了我的話頭：「可是我們現在已經找到了它。」

我笑了一下：「一般來說，在小說或電影中，當兩個合伙人，千辛萬苦，找到了寶藏之後，總不會有什麼好結果。」

我這樣說，只不過想開開玩笑，可是但丁卻極不耐煩地轉過身去：「你在胡說八道些什麼？」

我道：「我想說，我根本不想和你分……」

我這句話才講到一半，但丁整個人都震動起來，他霍然轉過身，手中的強烈電筒直射向我，以致令得我在剎那之間，什麼也看不到。

用電筒直射向另一個人的臉，這十分不禮貌，我一面用手遮向額前，一面向旁退去，一面道：「你幹什麼？」

在我向旁退開之後，電筒的光芒照不住我，可是雙眼剛才受了強光的刺激，一時之間，還是什麼都看不到。我的喝問，也沒有回答，只是聽到但丁發出濃重的喘息聲。

我呆了一呆：「但丁，你不舒服？」

但丁發出了一下十分怪異的聲音，這時，我可以看清他的樣子，我看到他神情驚恐至極，還帶着極度的憤怒，身子半彎着，一副準備決鬥的樣子，盯着我，身子在發抖，面肉在抽搐。

我不禁嚇了一大跳，以為山洞之中忽然多了一個極其兇惡而我還沒有發現的敵人，我立時機警地四面看，可是山洞之中，除了我和他之外，根本沒有別人。

我忙道：「但丁，發生了什麼事？」

我一問之下，但丁用一種震耳欲聾的聲音尖叫道：「你，你剛才說的話，是什麼意思？」

我又是一呆，我剛才說什麼了？我剛才不過說，我不想和他分那些寶石，話只不過講到一半，他就用電筒向我照射了過來——我陡然明白他為什麼會這樣子了。他，老天，完全誤解了我的意思，他以為我不想和他分享，是為了要獨吞。

我忙做着手勢，令他鎮定一些：「你聽着，你完全誤會了，我說過不想分，是真的，我不會和你分……」

但丁尖叫着：「你要獨吞？」

我大力搖着頭：「不是，全給你。」

但丁震動了一下，一臉不相信的神色。我向前走出了一步，我只不過走出了一小步，可是但丁卻立時尖聲叫着，向後跳出了一大步，那副戒備我向他攻擊的神態，真令我啼笑皆非。

我又好氣又好笑：「你在找我作你的伙伴之前，一定會很好地了解過我，如果我要向你攻擊，你能對付得了？」

但丁吞了一口口水：「你……你是說……」

我道：「我說的話，就是我的心意，這許多寶石，全是你的，或許我需要其中的一顆，帶回去給我的妻子，其餘，我完全不要。」

但丁的臉色青白，喃喃地道：「為什麼？為什麼？」

我道：「沒有這些寶石，我也過得很好。而且，我相信這些寶石，落在你的手裏，比在任何人手中都好，你不會輕易出售，也不會令它們損毀，更何況，你是鄂斯曼王朝的唯一傳人，這個寶藏，本來就是你祖上的。」

我用了最簡單的話，使他明白我的心意，但丁的神情變得極其激動，他突然發出像哭泣一般的聲音：「衛，原諒我！」

我大是愕然：「原諒你什麼？」但丁向我走來，一面走，一面伸手入袋，當他再伸出手時，我看到他的掌心，托着至少有鴿蛋大小的一顆鑽石。

第十二部

和一種生命形式的對話

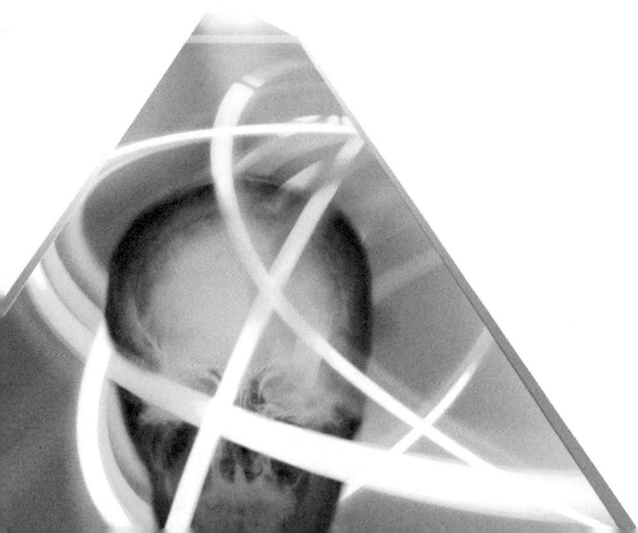

那顆鑽石，呈現着一種極其柔和的粉紅色的光彩。那種粉紅色，幾乎是覺察不到的，但是卻又可以一眼就看出它的確有着粉紅色。那是一顆一望而知是極品的天然粉紅色鑽石。

但丁托着那塊鑽石：「請原諒我的私心，我……藏起了這顆鑽石，它……實在太美了，現在，我把它給你，送給尊夫人，我相信這是這裏幾千塊寶石之中，最好的一顆。」

我笑道：「你可以保留它，我隨便揀一顆好了。」

但丁的神情，誠摯得幾乎哭了出來：「如果你拒絕的話，等於不肯原諒我的過失。」

聽得他這樣說，倒不能再拒絕：「好，我就要這一顆。」

我伸手在他的掌心，把那一顆鑽石取了過來，但丁慢慢縮回手去。我把鑽石捏在手裏：「我們在山洞裏已經多久了？快將這些寶石全弄出去吧。」

但丁忙道：「是，是。」

他自腰際解下了用羊皮製成的袋子。他對於找到寶藏十分有信心，是以一直把空的羊皮袋子繫在腰際，我沒有他那麼有信心，這時只好脫下了上衣來，在袖口打了兩個結。

我們把各種各樣的寶石，一把一把抓進去。等到我的上衣的兩個衣袖，再也裝不下，他手上的那個羊皮袋，也已裝滿了。

但丁還在用電筒四下照射着，在山洞角落裏的寶石，他也不放過，直到肯定，整個山洞中的寶石，全都裝了起來，他才歡嘯着，向外走去。

我跟在他的後面，想着這一次奇妙的經歷，真是令人興奮，又想到我把那顆粉紅色鑽石給白素的時候，一定可以聽到她的讚歎聲。一面想，我一面問：「但丁，我們這次經歷，是不是可以公布出來？」

但丁道：「不，不，沒有必要，讓世界上每一個人去揣測這些珍寶的來歷好了。」

我道：「真可惜你不同意。你還記得金特這個怪人，他把珍寶和人類的靈魂聯在一起，真有點不倫不類。」

但丁對我的這句話，沒有什麼反應，只是悶哼了一聲。我們一面說着，一面在向外走，又已進入了山縫中十分狹窄的部分。

我一再強調山縫的狹窄，因為接下來發生的事，和一個狹窄的空間，有十分大的關係。我們行進的山縫窄，還好人的身子是柔軟的，可以擠得過去，但人的頭部是硬的，山縫的寬度，恰好可以供人側着頭緩緩地前進。那時，但丁在前面，在移動身子之前，他首先要設法把那一大袋珠寶先推向前，身子才能跟着移動。

我的情形也是一樣，所以我們前進的速度相當慢，我和但丁之間的距離十分近。就在這一段最狹窄的山縫之中出了事。當時，我們手中無法拿電筒，在黑暗中前進，所以在出事之前，絕沒有預防但丁會有什麼動作。

我正在吃力地移動自己的身子，突然聽到一下「嗤」的聲響，接着，一股濃烈的麻醉劑的氣味，撲鼻而來。不到十分之一秒，已經判斷發生了什麼事：

有人向我的臉部，在噴射麻醉氣體。

當有人向你的臉部噴射什麼時，本能的反應，一定是轉過頭去避開它。這時，我的反應，就是這樣。可是，我卻忘了處身在一個極其狹窄的空間，我只能側着頭，根本無法轉過頭去。

我張大口想叫，可是已經遲了。我已經吸入了那向我噴來的麻醉氣體。在我昏過去之前的一剎間，我只來得及想到了「但丁」兩個字。

我不知道自己喪失了知覺多久，當逐漸恢復知覺，只感到頭痛、口渴，和全身有一種說不出來的壓迫感。

我很快就弄清楚了自己的處境，而且，立即可以肯定，我的處境，一輩子也沒有比這時更糟糕過。

我還擠在山縫中，看來，喪失了知覺之後，我未曾動過。

這本來不算什麼糟糕，可是當我伸手向前的時候，我卻摸到了許多石塊，堵在我的前面，我立時向前移動了一下，勉力取出了電筒來，向前照着，前面的去路，已全被石塊堵住了。

那當然是曾經有過一次爆炸的結果。

就算我的頭再痛些，也可以明白發生什麼事。有人用強力的麻醉劑，噴向我的臉，令我喪失知覺，然後，他引爆山石，將出路封住。我被困在山腹之中了！在這樣人迹罕至的一個地方，我被困在山腹中了！

做這件事的人，當然就是但丁。

在不到十秒鐘的時間內，我將我所知道的罵人話，全都想了一遍，而在第十一秒鐘，我知道就算我精通全世界的罵人話，也不發生作用。

我該想想辦法，應該怎麼辦？

首先感到，擠在山縫中，不是辦法。

我緩緩地移動着身子，不再向前，而是後退。後退的路並沒有被阻，不多久，我就回到了那個山洞之中。

就在那個山洞之中，但丁曾以極其誠摯的神情，求我原諒他，要我接受他藏起來的那顆鑽石。

那顆鑽石，當然也給他拿走了。這時我才感到自己是多麼笨，當時給了我鑽石之後，伸出來的手，縮回去得那麼慢，那表示他的心中是多麼捨不得！

但丁這樣對付我，當然早有預謀，這也就是他一聽到我說不願意和他分寶石，他立時聯想到了我要獨吞的原因，因為他自己想獨吞。

我十分憤恨自己輕信但丁，一面伸手進衣袋，出乎意料之外，那顆粉紅色的鑽石，居然還在。這算什麼？是但丁留給我的殉葬品？我立時否定了這個想法，但丁才不會把它留下來給我。這顆鑽石之所以還會在我的口袋中，是因為它放在我另一邊的口袋中，

在那個狹窄的山縫之中，我相信但丁一定經過了不少努力，而無法把手再擠過我的身子，在我口袋中把這顆鑽石取出來，所以才逼得放棄的。

我把這顆鑽石握在手裏，心中不知道是什麼滋味。用電筒照射一下，鑽石的光彩極其奪目。這顆鑽石，在市場上，至少可以令人一生無憂金錢，但是在

這裏，一塊光彩奪目的石頭，價值不會大於一片麵包。

很快，我就發現，要在這個山洞中另覓出路是不可能的，山洞絕無通道。我再估計，我的體力，是不是可以支持得到把堵塞山縫的石塊掀開，使我重見天日？

這是無法估計的事，事實上，這看來也是唯一的辦法了。我一面想，一面深深吸着氣，把電筒熄了，以節省一些電力，同時，在黑暗中，也可以使我冷靜些。

我完全明白在絕境中，所作的一切努力，可能一點也不能改善處境。但是我非做不可，因為如果我不做，我就只有等死。

我自知性格中有許多缺點，但可以肯定：我不會等死。休息了五分鐘，我向山洞的出口處走去，準備到了有石塊堵住出路處，就盡我所能，把石塊一塊一塊移開去，希望能夠有一條出路。

我決定了這樣做，也開始了這樣做，大約是在三四小時之後，我發現那真是一點用處也沒有。在這三四小時之內，我已經筋疲力盡，大約也被我搬開了幾百塊大小的石塊，可是在我面前的，可能還有幾千塊、幾萬塊。我已榨盡了自己每一分體力，而搬開了幾百塊之後，我幾乎沒有前進過。儘管我心中萬千分不願就此放棄，可是我知道，我非放棄不可了。我甚至連再睜開眼睛的氣力也沒有，我閉上了眼，任由汗水從我的眼皮淌過，一直向下淌。

我突然想到：「天國號」上的官兵，在接到了上頭的命令，要他們殉國，他們是不是也同樣絕望？

我很奇怪自己何以突然想到這一點，我和天國號上的官兵不同，天國號上的官兵，海闊天空，他們處於絕境，只是他們的一種信念，令得他們非要去死不可。

而我，一點也不想死，只不過是我身陷在山腹之中，所以非死不可。

我不由自主苦笑，又想到：天國號上的官兵，在臨死之前，他們的感覺——我不願想天國號上的官兵，可是卻偏偏一再想到，這令我感到極度的怪異。

而這種怪異的感覺，迅即令我感到了震慄：我不是自己要去想天國號上的官兵的，而是有什麼人在想，我感到了他在想。或者說，是有什麼力量，強迫我在想。

這種怪異的感覺，令我感到，我已在死亡邊緣，我甚至已不能控制我的思想。

接下來，我的思緒，更加不受控制。

我告訴自己：我不要再想天國號的事。

但是我卻想到：天國號上那麼多官兵死了，沒有靈魂，一個靈魂也找不到。

我告訴自己：別去想他媽的靈魂的事。

可是我卻立即又想到：喬森死了，喬森為了求自己的靈魂出現而死，可是，也沒有靈魂。

我告訴自己：我也快死了。

我想到：你有靈魂嗎？

這使我陡然一震，我應該想到「我有靈魂嗎？」可是我想到的卻是「你有靈魂嗎？」卻不像是我自己在想，像是有人在問我。

我感到有人在問我：在這個山洞之中，除了我之外，沒有任何人，不可能有人問我問題。

在那一霎間，我的思緒，真是紊亂到極。一個人，會忽然有自己根本不願想的思想，這是一種什麼樣的情形？我無法用文字去形容這種情形。

可是，我極不願想到的問題，還在不斷向我襲來，那情形就像是有什麼精靈，忽然進入了我的腦部，用他們的意願，在刺激着我的腦神經，使我不斷地想到他們的問題，反倒是我自己要想的事，無法達到思索的目的了。

（事後，我才想到這種情形，可以用一種現象來作比喻。）

（我的腦部，本來在接收着我自己的思想，就像一座收音機，一直在接收着一個固定的電台。但是忽然之間，有一股強力的電波侵入，把原來的電波排擠。在這樣的情形下，收音機就會聽到兩個電台的聲音，其中一個，是外來的干擾。）

（我那時的情形，大抵就這樣。）

那種不是屬於我自己思想的問題，還在繼續不斷地襲來，每一個問題，都像是在催促我的靈魂，快點出現。這許多問題，和我自己根本不可能回答的紊亂思緒糾纏在一起，簡直快將我逼瘋了，令得我在忍無可忍，陡然大叫了起來：「別再問我了。」

當我大叫了一聲之後，我自半瘋狂狀態中，突然驚醒過來。

但是靜了沒有多久，問題又來了。

這次的問題是：「為什麼別再問了？是不是你根本沒有靈魂？」

我有一次忍不住大叫：「我沒有，你們有嗎？」

我自然而然這樣叫出來，當話出口之後，我又陡然震動了一下，我感到，我必須盡我一切力量，集中意志，好好來想一想。不管我的處境惡劣，我還是要好好想一想。

我剛才叫出來的那句話：「我沒有，你們有嗎？」這句話，喬森曾不斷叫過。當喬森在這樣叫嚷的時候，他的助手，認為他是在說夢話，而我，則認為他是和某些神秘人物在交談。

直到現在，我才明白，全不是，喬森當時的情形，和我一樣！他在遭受着不是屬於他自己思想的問題的襲擊。金特一定早知道，他說喬森「正遭受着一些困擾」。我直到現在，才知道這種「困擾」如此要命。

喬森受着這樣困擾，他的一切怪行逕，全可以了解。有好幾次，他行蹤不明，等到再出現時，又滿身是汗，疲累不堪，看來像是做過長時期的苦工。他一定是躲到什麼小酒吧去，想用酒精麻醉自己，甚至於，他曾用毒品來麻醉自己，想把腦中不屬於自己的思想驅走。

喬森沒有對我說出這種情形。事實上，他即使對我說了，在我有親身體驗之前，也不容易明白。這種情形，根本不可能向任何人訴說。

喬森終於採用了堅決的方法，結束了自己的生命。

喬森那樣做，我絕對可以了解，因為沒有人可以長時期忍受另一種思想的侵襲。而且更要命的是，這另一種思想，還不斷地問你有沒有靈魂。

誰肯承認自己沒有靈魂？但是，誰又拿得出自己的靈魂來給人看。

喬森終於走上了結束自己生命的這條路，他實是非如此做不可。他希望藉着生命的結束，靈魂就會出現，好讓那個問題有答案。

我如今的情形，大致上和他相同。所不同的是：他自己結束生命，而我，環境逼得我的生命非結束不可！

我迅速轉念，那不屬於我思想的問題，一直沒有斷過，我不由自主喘着氣，啞着聲——我不明白自己的聲音何以變得如此嘶啞，老實說，我極度疲累：「別再問了，每一個人都以為自己有靈魂。或者，生命結束，靈魂就會出現，你們大可不必性急，我的生命快結束了，我的靈魂或許就會出現，來滿足你們的好奇心！」

當我在聲嘶力竭地這樣叫了之後，不屬於我思想的話，又在我自己的腦中響起來，充滿了嘲弄的意味：「每一個人都認為生命結束之後，靈魂會出現。可是不，生命結束，並不能導致靈魂出現。天國號上那許多官兵，一個靈魂也沒有出現，喬森生命結束，也沒有靈魂出現。只怕你死了之後，也同樣不會有靈魂出現。許久了，許久了，許久許久，不知有多少人生命結束，可是一個靈魂也未曾出現。為什麼不肯承認根本沒有靈魂？」

我坐着，感到極度的虛弱，流出來的汗，又冷又稠，像是經過冰凍的漿糊。我揮着手：「好，我們沒有靈魂，沒有！」

那不屬於我自己的想法，仍然不肯放過我，嘲弄的意味更甚：「你第一個肯承認自己沒有靈魂，那說得通麼？你們自有文化以來，一直都在歌誦着靈魂，認為肉體只不過是一個短暫的現象，靈魂才永恆，而你們居然沒有靈魂。要是所有的人，都明白了，你們這種生命，有什麼價值，和任何最低級的生物，有什麼不同？」

我大口喘氣。這時，我又明白了青木何以要在他的敘述之中，故意隱瞞了一

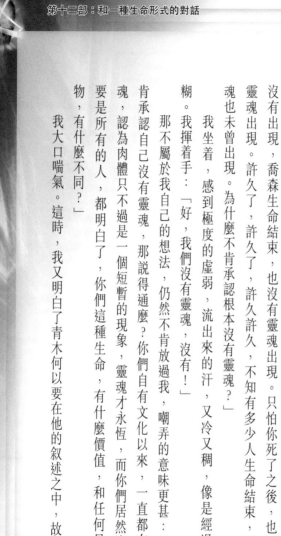

段他被那種神秘光環追問的那一段經歷。那真不好受，沒有什麼人願意提起它。

這種一個接一個的問題，目的是把人的生命價值，貶低到了和一個水螅相等的地位。

可是，我們是人，任何人在這樣的情形下，都會盡一切力量掙扎，把人的地位提高，至少，比一隻水螅要來得高。

可是，再努力掙扎又有什麼用？沒有人可以令自己的靈魂出現，靈魂不是實實在在的東西。靈魂不是一塊手帕，可以隨便從口袋中拿出來給人看。就算像喬森那樣，結束了自己的生命，仍然證明不了什麼。

我想起了青木，又令我想起了但丁的祖母在她的叙述之中，曾提及她有一種奇妙的感覺，感到那種神秘的光環，在向她講話，但是她又不是實際上聽到聲音，只是感覺聲音。

我當時不明白她這樣形容是什麼意思，現在我明白了，她的情形和我一樣。

我現在的情形，和青木曾遇到過的一樣，和但丁祖母曾遇到過的一樣，也可能是喬森曾遇到過的一樣。可是那種神秘的光環呢？為什麼他們都曾見過那種神秘的光環，而我未曾見到？

當我想到這一點之際，我掙扎着，用盡了我所有的力氣：「你們在哪裏？讓我看看你們。」

我一面叫着，一面努力睜開眼來。

這時，濃稠的汗，已令得我的視線十分模糊，睜開眼來之後，山洞中一片漆黑，什麼也看不到。我按下了電筒的開關，電筒射出光芒，照向對面的山壁，在山壁上現出一團光芒，看來倒像是一個光環。

我「哈哈」笑了起來：「這就是你們？你們連形體都沒有，看來，更不會有靈魂。」

我這時的精神狀態，又幾乎半瘋狂，所以，一面説着，一面不斷揮舞着手。這種動作，全然沒有意義的。

我揮着手，叫着，但是在突然之間，我停止動作，又再揮手。

電筒握在我的手中，我揮手，自電筒中射出來，照在對面山壁上那團光芒，應該跟着動才對。我突然發現，手臂在動，電筒在動，可是，對面山壁上的那一團光芒，卻一動也不動。

我再次揮動手臂，山壁上的那團光芒，仍然不動，我忙循手中的電筒看去，發現電筒所發出來的光芒，極其微弱，只是昏黃色的一點。電已經用盡了。那麼微弱的電筒光，根本不可能照射到十多公尺外的山壁上。

那麼，山壁上的那團光芒是……

我陡然震動了起來：那是……那就是那種神秘光環，就是它！

我感到的震動如此強烈，以致電筒自我手中，跌了下來。也就在這時，我看到那光環離開了石壁，向前移來，停在半空：一個光環，在緩緩轉動着。

同時，我感到了它在說話，它一定是早已在了。我腦中那種不屬於我自己的想法、問題，根本就是它一直在向我說話。早在幾天前，我看到的光芒，令我頭髮發光的，當然也是他們，他們早來了，一直在注視着我和但丁的行動。

我勉力定了定神，我一直在希望能和這種神秘光環接觸，然而卻在這樣的情形下才達到目的！

我掙扎着，站了起來。我感到它在說：「形體？形體有什麼重要？你們有完美的形體，你們的形體，複雜到難以弄得明白，可是那有什麼用？」

我聽着它指責人，也無意反駁，人的形體，的確是複雜到極，但它們完全沒有形體，這又算什麼呢？

當我一想到這一點之際，我腦中閃電似的掠過了一個念頭：「對，沒有形體，可能比任何複雜的形體更好。人類的靈魂，可能就是完全沒有形體的一種存在，是和生命完全相反的一種反生命，沒有人知道靈魂是什麼樣的存在，或許它根本不在我們形體存在的空間之中，或許它的存在，根本不需要空間。你們發現不了它，就不能說它沒有！」

我一口氣講着，一霎間的靈感，令得我的思路從極度的紊亂中，解放出來，又變得可以侃侃而談，不必聲嘶力竭地叫喊。

懸在我面前的光環，忽大忽小，急速地轉動着，而且發出奇妙的色彩變幻。

然後，我又「聽」到它在説：「這是一種狡辯，任何不存在的東西，都可以用這種狡辯去反證它的存在。」

我深深吸了一口氣。青木、喬森，不知道有多少人，在這種神秘的光環來到地球搜尋人的靈魂之後，都敗下陣來，我可沒有那麼容易認輸。

我立時道：「你絕不能否認人有思想，每一個人，都有他的思想，或為善，或為惡，或思想深邃博大，或幼稚愚昧，但是每一個人都有思想，你能叫一個人把他的思想拿出來看看嗎？但是，你能否認人人都有思想嗎？」

光環再度急速轉動：「你的意思是：人的思想，就是人的靈魂？」

我連想也不多想：「在某種程度上來講，可以這樣説。」

光環的旋轉更急：「什麼意思？」

我挺了挺身子：「人，只要自己有思想，自己在自己的思想之中確定自己有靈魂，就有靈魂，不必要也不可能把靈魂拿出來給別人看，更不必被你們……看。」

我本來想說「更不必被你們這種怪物看」，但臨時改了口。

光環的轉動更急，在急速的轉動中，我「聽」到了對話。

「這種說法，我們第一次聽到。」

「是的，可能對。人一定有靈魂，但我們一直搜尋不到，可能就是因為人的靈魂，根本是另一種生命的形態，不，根本不是一種生命形態，甚至根本不是一種形態。」

「那怎麼樣，我們的搜尋算是有結果了？」

我「聽」到這裏，忍不住大聲道：「你們的搜尋，永遠不會有結果。」

光環停止了不動，我繼續道：「人自己都不能肯定自己是不是有靈魂。每一個人在思想上，認定自己有靈魂，就有；認為自己沒有，就沒有。當人認為自己本來有靈魂，但是不再需要，就消失，不可捉摸的一種反生命現象，你們怎麼能把它具體地找出來？」

我講得十分激動，在我講完了之後，我感到了幾下嘆息聲。

我又道：「你們別以為我早已對靈魂有研究，實際上，我和所有人一樣，絕無認識，剛才我所講的，是我突然之間所想到的。不過，我相信，這可以解釋你們為什麼永遠不能成功的原因。」

我又聽到了幾下嘆息聲，光環又緩緩轉動起來，我定了定神：「你們究竟是什麼，可以告訴我？」

光環的轉動變得急速，好久，我沒有「聽」到什麼，看起來，像是我的問題不容易回答，過了一會，才「聽」到了光環的聲音：「我們是什麼？是一種生命的形式。」

我尖聲道：「是一種光環？」

「光環？我們自己也不知道是什麼樣子，光環？或許在你看起來，我們像是一個光環，但那只不過是我們聚集了地球上的一些能源，所顯示出來的一種形象，那沒有意義。就像你們，有兩隻手、兩隻腳，就算變成了八隻手，八隻腳，在外形上有了很大的不同，但對你們生命實質的意義，不會有多大改變。」

我呆了半晌，一時之間，不明白這番話的含意。

我還想問他們為什麼對地球人的靈魂那麼有興趣，但是我還未曾問出來，只不過想了一想，就又「聽」到了他們的聲音：「你的好奇心真強烈，這個問題可以等一等，你難道不想離開這個山洞？」

自從和那個「光環」對答以後，我思緒極度迷幻，以致完全忘了自己瀕於死亡。一聽得他們這樣提醒我，我不禁「啊」地一聲：「你們有力量可以使我絕處逢生？」

光環轉動了幾下：「當然可以，我們可以輕而易舉地運用能量。」

我吞了一口口水：「例如殺人？殺那兩個宮中的侍衛，和殺天國號上的官兵？」

「是的，那可以說是我們的錯誤，一直以為人死了，靈魂就會出現。天國號上的官兵，本來就要死，我們希望能在我們的安排之下，使人的靈魂和肉體分離，結果失敗。雖然，命令他們殉國的電訊，也來自我們的意念，但這沒有分別，在當時這樣的情形下，天國號上的官兵，無法再生存下去。」

我苦笑了一下：「你們至少害死了喬森。」

「那更不關我們的事，喬森想自己證明自己有靈魂，可是他的方法不對，他失敗了。他的行動，還不如你的一番話令我們信服。認為人的靈魂和金錢結合，人的靈魂在珍寶中，現在看來，也錯了。」

我吸了一口氣：「不見得完全錯，的確不知道有多少人，因為金錢上的利益，而改變了他們的思想，隨之而令得他們的靈魂也消失了，例如但丁，就因為想獨吞寶石，而想置我於死地。」

「你的意思是，靈魂，代表着人的美德和善念？」

「我不知道，我不能具體回答你這個問題，但是我絕不會說一個人在做種種壞事的時候，他的意念之中還覺得自己有靈魂的存在。」我的回答相當玄妙，但那的確代表了我的想法。

光環沒有再「說」什麼，只是迅速地向外移去，當它移向山洞出口處之際，我看到了一陣光芒迸射，和聽到了一陣轟隆的聲響。

我忙向外走去，到了那狹窄的山縫中時，堵住山縫的石塊，已經全散落了下來。我踏着碎石，向外擠去，那光環始終在我的前面。

等我終於擠出了山縫，發覺外面天色黑沉沉地，不知是深夜幾時。在黑暗之中，那光環停在我的面前，看來更是清晰。

我深深地吸了一口氣，盯着那光環：「你們始終未曾回答我，為什麼對搜集地球人的靈魂，那樣有興趣？」

光環緩緩移動着，我又聽到了他們的聲音：「你不能想像，宇宙間生命的形態，用許多種不同方式存在。我們的生命形態，你全然無可能了解，或者說，無形無態，我們為了要追尋自己生命的根源，在無窮無盡的宇宙中，尋找答案，和各種形態的生命接觸……」

我呆呆地佇立着，抬頭向上望，黑沉沉的天空上，滿是星星。我想着他們的話，想像着他們在無窮無盡的宇宙中，和各種各樣生命接觸的情形，不禁悠然神往，不知身在何處。

「我們接觸過很多生命，奇怪的是，每一種生命，都有同樣的困擾，不知自己的生命從何而來。好久之前，我們遇上一種生命，這種生命告訴我們，我們的這種形態，恰好是一個星球上的一種生命的相反，這個星球，就是地球，恰好和我們相反的生命形態，就是你們，地球人。」

我發着呆，道：「你們就是反生命？」我在講了這一句之後，不由自主，震動了一下，想起了金特的話來，失聲道：「如果是這樣，那麼，你們可能就是地球人的靈魂。」

我的話很久沒有得到回答，接着，我感到了幾下嘆息聲，也感到了他們的話：「誰知道！」

我還想說什麼，那光環已在迅速地遠去，突然之間，消失不見了。

我仍然呆立着，在黑暗之中，一直在想着和「光環」的種種對話，每一句都想上好幾遍。

天亮了，本來應該疲倦之極，可是我卻感到十分興奮。湖水在陽光下閃耀着奪目光彩，我沿着湖向前走，走了沒有多遠，我突然聽到了一陣喧嘩聲，在我前面不遠處傳出來。

我找了一個小土丘，把身子藏起來，探頭向前看去，看到的情形，真令我吃驚。我看到了大約有十七八個人，站在湖邊，不斷把一些東西，向湖水中拋去，看來像是在比賽誰拋得遠些。那些被拋出去的東西，在劃空而過，落進湖水中之前，都發出各種顏色的奪目光芒。

那些人，看來像是當地的遊牧民族。這一帶的遊牧民族，生性兇悍，若是事情對他們有利，他們是絕無文明社會的道德標準可言。

同時，我也看到了翻側的吉普車，和壓在吉普車下的但丁，他流出來的血，染紅了黃土。但丁顯然已經死了。是死於自然的翻車，還是死於這些人的襲擊？我不會再去查究，我只是看着那些人喧鬧着，把各種各樣的寶石，一把一把，拋進湖水之中。

我悄悄後退，繞過了土丘，選擇了另一條路，離開了湖邊。

但丁自那山洞中得來的寶石，結果全沉到湖底去了，什麼時候才能重現？別以為像別的故事一樣，結果什麼也沒有剩下。不，那顆粉紅色的大鑽石還在，我帶回家，送給了白素。白素轉動着，看看它發出的光芒：「鑽石是不是有價值，決定在它處於交易行為之中，這情形，倒很有點像人和靈魂的關係。」

我瞪着眼：「你這樣說，未免太玄妙了吧。」

白素道：「一點也不玄妙，鑽石一直放在保險箱中，和普通石頭完全一樣。人不是到了有真正考驗的關頭，誰也不知道自己的靈魂究竟怎樣。」

我沒有再說什麼，但仍然認為她的話太玄妙了一些。你認為怎麼樣？

幾天之後，我試圖和青木聯絡，沒有結果，我也一直想和金特聯絡，同樣沒有結果。

每當處身在擁擠的人叢中時，我想到：我們是生命，對於和生命完全相反的反生命，絕對無法想像。

（全文完）

衛斯理小說典藏版　81

搜 靈

作　　者：　衛斯理（倪匡）
責任編輯：　黎倩雲　　陳桂芬
封面設計：　李錦興
出　　版：　明窗出版社
發　　行：　明報出版社有限公司
　　　　　　香港柴灣嘉業街18號
　　　　　　明報工業中心A座15樓
電　　話：　2595 3215
傳　　真：　2898 2646
網　　址：　https://books.mingpao.com/
電子郵箱：　mpp@mingpao.com
版　　次：　二〇二二年八月初版
I S B N：　978-988-8828-26-5
承　　印：　美雅印刷製本有限公司